"FEMMINISMO STORICO"

SFINGE

Texte et illustration de couverture : © domaine public
Edition : Culturea (Hérault, 34)
Contact : infos@culturea.fr
Retrouvez notre catalogue sur http://culturea.fr
Imprimé en Allemagne par Books on Demand
Design typographique : Derek Murphy
Layout : Reedsy (https://reedsy.com/)

Dépôt légal : janvier 2023

ISBN : 9791041844647

Prefazione.

Nessun filo conduttore lega tra di loro le istorie di queste sette Lontane su le quali le cronache e le leggende hanno gettato fasci di viva luce: di una luce, anzi, qualche volta così abbagliante che ne danneggia la visione reale e precisa. La sola trama che le unisce e che le rende per me un unico lutto, è l'affetto che io, studiandole con amore e imparando a conoscerle più da vicino, ho in esse riposto: affetto composto — secondo i casi, di simpatia spontanea, di ammirazione, di pietà profonda — o di riconoscenza che chiamerò estetica.

Lo scopo che mi sono prefissa, nel pubblicare questi miei studi, è quello di riuscire ad accrescere, in chi leggerà, verso queste Scomparse, la simpatia per i meriti che ebbero, o l'indulgenza per i difetti ai quali esse non seppero sottrarsi. La perfezione ognuno lo sa, non è di questa terra: e forse gli esseri, di ambo i sessi, più evangelicamente perfetti, sono i più umili, i più ignoti, coloro che non hanno storia.

Le donne delle quali io parlerò, non lo dimentichino le leggitrici, furono tra coloro che tennero alto, secondo il tempo in cui vissero, secondo le facoltà sortite da natura, secondo le norme cui ebbero soggetta la propria esistenza, il vessillo, spesso ahimè umiliato e vinto, del nostro sesso: e nelle differenti manifestazioni delle loro essenze interiori, dimostrarono efficacemente ai prossimi ed ai lontani, che la donna, ossia la metà dell'Essere Umano, ha nella vita anche un alto officio d'anima e d'intelletto da compiere, non già soltanto per diritto, ma bensì per dovere; ha una parte attiva da rappresentare anche nel mondo dello spirito, perchè anche nel suo cuore e nella sua mente sono tesori ancora inesplorati di Bene, che saranno forse il Bene comune di domani.

Ognuna delle vite di queste celebri donne potrebbe essere simbolizzala da una viva fiamma: e ognuna di queste vive fiamme, in cui avrà perito la parte meno pura, delle sette creature mortali, sia come una bella face ardente che rischiari a noi — combattenti di quest'ora — il difficile cammino. Ci insegni, cioè, ognuna di esse, a molto pensare ed a forte operare: ci induca all'alta e conscia affermazione di noi medesime, e alla ricerca instancabile dell'Ideale. E poichè nulla v'ha al mondo di più nobile nè di più vero dell'Ideale, non vi sia donna che non voglia vivere secondo la Verità.

SFINGE.

ISABELLA D'ESTE GONZAGA.

«D'opere illustri e di bei studi amica
«Ch'io non so ben se più leggiadra e bella
«Mi debba dire, o più saggia e pudica,
«Liberale e magnanima Isabella».

Così cantava messer Lodovico: e questa volta il magnifico cantore non adulava la «erculea prole». A me pare anzi che nè questa nè altra laude abbia mai superato il merito essenziale di questa radiosa Principessa che splende, viva e sorridente, sul fondo stellato d'oro del «sacro» Rinascimento italico, sì come nobilissima espressione di trionfale femminilità. E penso che per questa bionda e dolce signora, molte anime muliebri debbano, come me, sentire non soltanto ammirazione e rispetto, ma anche, direi, un poco di nobile invidia; poichè in lei ebbe forma un meraviglioso sogno di vita, forse da altre esistenze non raggiunto mai. Ella compose per sè, ed a sua gloria, una esistenza conforme alle sue inclinazioni, una esistenza che somiglia a una bella opera d'arte, inspirata da un profondo e sincero ideale di pura bellezza. Ella sentì il bello, dovunque esso fosse, quasi guidata da un sottil fiuto di nobile animale, e riconobbe in tutte le cose gentili e belle le sue sorelle naturali ed eterne; e verso quelle fu attratta, e se ne contornò, e ne visse, avendone la più grande, la più eletta gioia di tutta la sua vita.

Il tempo in cui ella visse fu un tempo singolarmente felice, del quale l'atmosfera fu somigliante a quella di un'ideal serra calda, atta a far germogliare e magnificamente fiorire piante squisite e delicate. Momento storico di significazione profonda e non mai abbastanza svelata a noi, nella sua complessa psicologia, che potè dare, in breve volger di tempo, l'anima di Gerolamo Savonarola e quella di Pietro Aretino!

Tra i due così diversi impulsi, quello del misticismo battagliero, quasi feroce, e quello del godimento raffinato, quasi pagano, l'equilibrio non doveva essere facile da stabilirsi: e certamente, nel complesso, la morale non ebbe da lodarsi molto di quel periodo, in cui la gloria del genio italiano splende di così viva luce.

Non dirò di quei costumi maschili; chè il piccolo signore della terra ha, presso a poco, in tutti i tempi, un suo particolar modo di passar sopra a tutte quelle leggi che non siano di suo gradimento: ma anche, ahimè, la maggior parte delle donne di allora non sarebbe da prendersi a modello, ed a quasi tutte quelle nostre antiche sorelle, insigni per casato o per bellezza, di cui è giunta fino a noi la memoria, noi dobbiamo perdonare, grande o piccino, qualche peccato. Lunga troppo sarebbe la teoria delle evocazioni: Lucrezia Borgia, Bianca Capello, Isabella Orsini, Giulia Farnese, Caterina Sforza (la bella guerriera senza paura ma non senza macchia), per nominare solo le celeberrime, fanno arrossire, se se ne leggano le storie o le leggende, qualunque volto di donna onesta.

Quale delizia invece, quale intimo senso di dolce riposo non ci procura l'imbatterci in questa serena figura di principessa di casa d'Este, nella cui vita, che dotti uomini italiani e stranieri ci hanno messa sotto gli occhi, con ricca copia di documenti, tersa come un limpido cristallo, non si rinviene nemmeno la più lieve ombra!

***

Nata nella fiera casa dei signori di Ferrara, la bella città dalle vie larghe e piane, dai bruni palazzi che sembrano custodire gravi segreti dietro le chiuse porte meravigliose; nella reggia dove germoglia potente e tragico l'amore, dove si aggira la pallida ombra di Parisina, dove più tardi rideranno i baci della figlia di Alessandro VI e dovrà forse maledire la sua nascita eccelsa la principessa Eleonora: nella reggia che udrà la calda voce amorosa del bel cavaliere Torquato, e la voce di gioia del grande Ariosto: nacque nel 1474 e vi passò l'adolescenza quel puro e vago fiore che fu Isabella, figlia di Ercole I da Este e di Eleonora di Aragona.

La sua anima vibrante, la sua mente poetica e bene equilibrata erano state nutrite di belle e buone cose, di studi bene impartiti da distinti precettori fra i quali Jacopo Gallino e Battista Guarino: e l'affetto per i suoi maestri accompagnò per tutta la vita l'alunna, che diede loro costanti ed affettuose prove della sua munificenza.

Fidanzata a nove anni, per ragioni di Stato, a sedici andò sposa a Francesco Gonzaga, marchese di Mantova: e nessuno forse avrebbe pensato che quell'uomo dall'aspetto grossolano, dalla oscura faccia di moro, sarebbe stato il più fortunato ed il più incolume di guai coniugali di tutti i mariti del suo tempo!

E in un'altra città grave e silente, assisa su grigie acque, un poco triste eppure gloriosa di antiche memorie, sorta su la terra che elesse a suo asilo un'antica fata: la città di Virgilio e di Sordello, cantata dal padre Dante e da Lodovico Ariosto, nella torva reggia dei Gonzaga, andò la giovinetta sposa, dagli occhi glauchi come pura acqua di lago, colei che ci sorride ancora dai cartoni del divino Leonardo (ora al Louvre e agli Uffizii) e dalla tela del grande mago del colore, Tiziano (ora a Vienna); colei che se non fu la più classicamente bella, fu certo la più incantevole fra tutte le principesse del Rinascimento. Piena di poesia è l'evocazione di quel giorno di primavera in cui partì la gentilissima per la novella sua patria, sopra un bucintoro indorato, in mezzo ad altri quattro bucintori e cinquantuno navigli, accompagnata da un regale corteo di principi, di ambasciatori, di servi, navigando le acque del Po.

Ma che importa ad Isabella se grigio e brumoso è il paesaggio lombardo, e se la reggia è oscura?

Ella porta nel chiuso cuore un lembo di cielo: tutta la sua anima canta, e rinfresca, ringiovanisce, illumina tutte le cose che comunicano con lei.

Non turberò io qui con indiscrete analisi psicologiche la bionda lontana che visse un suo dolce sogno d'arte e di bellezza: e se mi punge il curioso desiderio di sapere se ella conobbe mai quella specie di bisogno metafisico che per le nobili anime è l'amore, io rintuzzerò inesorabilmente la punta della mia arma indagatrice. Sappiamo che ella non peccò: lasciamo dunque in pace, s'ella lo custodì laggiù nel suo intimo cuore, il suo amoroso mistero!

Ma veramente, su questo proposito, io sono d'accordo con un grande scrittore nostro moderno, il quale ha scritto queste parole: «Il sano gusto dell'arte, nelle donne sane genera a poco a poco una specie di scetticismo amabile e di mobilità gioiosa che le difende dalla passione»: parole che racchiudono tutto un trattato di scienza del cuore femminile! È vero: quando la donna ha sortito da natura un di più d'intelletto di quello necessario a guidare gli atti della sua vita: quando ha in se medesima, latente, un cumulo di forze vive, di energie gagliarde che ne fa ella? Ella deve darle a qualche inclinazione del suo spirito o del suo cuore: e questa inclinazione suole essere, nella maggior parte dei casi, la grande illusione.... l'amore, che è la porta di tutti i nostri guai! Quando invece l'intelletto femminile sia felicemente aperto alla luce dell'arte, quando questa luce s'impadronisca di tutte le inoperose energie del nostro intelletto e del nostro cuore, allora si determina, nello spirito femminile, l'invidiabile stato, il solo veramente felice, che il nostro Poeta, in poche linee, mirabilmente descrive.

E questo stato, io penso, fu dal cielo concesso ad Isabella d'Este Gonzaga.

Fu essa, per comune consenso di storici, un modello di ogni virtù. Come moglie fu un tesoro, non soltanto di fede, ma di amichevole affetto, di savia cooperazione nelle cose dello Stato, di valido appoggio nei momenti difficili, di consiglio ponderato e fiero.

Lunghi epistolari, pubblicati per cura di valentuomini provano la verità di queste asserzioni. Del marito che non le fu, pare, molto fedele (così è sempre andato il mondo!) ella ignorò forse, o perdonò, i tradimenti: e le relazioni tra i due coniugi furono sempre cordialmente affettuose. Quando era lontana gli scriveva ogni giorno: e le sue lettere, sempre vivaci ed argute, erano spesse condite di qualche piccante episodio, gustosissimo, che dovette destare nella scrivente, prima che nel lettore, una infantile ilarità. Ci pare quasi, talvolta, di udire ancora il suono delle sue risate! È sempre grazioso il modo di congedarsi da lui, da suddita ossequente e da tenera moglie insieme: p. e.: «Ringrazio sumamente V. Ex. et basoli la mano et bocha».

Ebbe alto e vivo, cosa ahimè rara in quel tempo, il sentimento della italianità. Si conosce la sua esclamazione di gioia, per la eroica difesa di Faenza contro il Valentino: «hanno salvato,» essa disse, «l'onore d'Italia!»

Più tardi, in una bellissima lettera da Bologna a Renata di Francia, dopo la descrizione delle feste per l'incoronazione di Carlo V (ch'essa nomina «Cesare») dopo aver detto dell'incontro di questi col Pontefice in S. Petronio conclude così: «Restami a pregar Dio che del colloquio per il quale questi doi grati signori se sono radunati insieme habbia da seguire quelli boni effetti che da ciascuno sono desiderati per la quiete et universale pace di Christianità.»

Fu diverse volte madre, ed anche in questo sentimento che non merita, secondo me, lodi singolari, perchè imperiosamente istintivo, ella portò la sua dolce effusione, la sua sorridente e vigile tenerezza. Una volta, da Ferrara, scrisse al marito: «Se queste feste fussino le più belle del mondo, senza la presenzia di V. S. et del nostro puttino, non mi potriano satisfare.» Quel «puttino» fu poi Federico II Gonzaga, creato duca da Carlo V; ed essendo egli in Roma, giovinetto, ostaggio di Papa Giulio II, colpì, per la sua grande bellezza, la mente di Raffaello; ed è il divino adolescente dipinto in una delle Stanze Vaticane, nella «Scuola d'Atene».

Ah, certo dovette dare alla dolce innamorata della bellezza una soddisfazione grande l'aver generato un esemplare umano di così meravigliosa venustà!

***

Dopo la conscia gioia di sentire battere, nel proprio cervello, a calde ondate il pensiero, nessuna gioia è più grande di quella di comprendere ed ammirare l'ingegno altrui.

E questa pura gioia riempì la nobile vita della marchesana di Mantova.

Ella comunicò con tutte le mirabili forze intellettuali del suo tempo, e da quelle fu commossa ed agitata come una pianta che sia mossa e fecondata dal vento che a lei reca il polline di vita. Ed a sua volta adoperò, e mise in movimento con infaticabile ardore, tutte quelle meravigliose potenze creative, eccitandole sempre al bene, dirigendole talvolta, proteggendole, dolce e munifica, tenendo le fila di molto alto destino in quella sua mano lunghetta e bianca di cui Leonardo ci ha tramandata la linea gentile.

Nulla cosa bella le sfuggiva, nessuna opera singolare di quel tempo era ignota alla sua smania di ricerche, e di continuo ella inviava messaggi in questa o in quella città, per rintracciare qualche prezioso oggetto di cui la fama le fosse giunta, o per allogare ai grandi maestri dell'arte ora questa, ora quell'opera. Buona conoscitrice di antiche cose, ch'ella chiamò le sue «care anticaglie», squisita giudicatrice delle moderne, ella superò sì per il gusto innato che per la grazia del suo proteggere che sa di cordiale amicizia più che di favore sovrano, i più celebri mecenati di quei secoli: il magnifico Lorenzo, suo cognato Lodovico il Moro, Leone X: ed ebbe, tra tutti, come è stato giustamente detto, la fortuna di presiedere, volta per volta, alle tre grandi manifestazioni del Rinascimento italiano: di potersi valere, cioè, dei Primitivi, dei rappresentanti del periodo aureo, e di quelli della fine del Rinascimento, un crepuscolo di imperiale splendore!

Lavorarono così per lei: il Perugino e Mantegna (questi può dirsi il pittore cesareo della Corte di Mantova), Leonardo e Raffaello, Tiziano e Giulio Romano: e certo nessuno degli altri grandi mecenati si vide intorno, adunata con sapiente e paziente fatica, così meravigliosa e densa fioritura di artefici: Aldo Manuzio, Pietro Bembo, Bibbiena, Lodovico Ariosto, Paolo Giovio, Bernardo Tasso, Baldassarre Castiglione, Bandello, Mantegna, Giovanni Santi, Leonardo, Vecellio, lo scultore di medaglie Cristoforo Romano, Lorenzo Costa, Pietro Perugino, Giovanni Bellini, Raffaello, Giulio Romano, Correggio, Sebastiano del Piombo, ed altri, ed altri ancora. E con quasi tutti fu in corrispondenza di lettere, e nessun epistolario femminile di quel tempo è più vivace, più elegante del suo. Ne dò qualche rapido saggio, non lasciandomi vincere, per economia di spazio, dalla tentazione di citare assai più lungamente. Una volta, al Trissino, che le aveva dedicata la sua opera Ritratti di donne d'Italia, scrive da Garda, dove si era recata a diporto con la sua dolce amica e cognata, la duchessa di Urbino: «Magnifice Amice Nr. hon. La littera versi et opereta vostra non ci potriano essere stati presentati in loco più conveniente.... essendo questa riviera di Garda tutta disposta a poesia et speculatione. Havemoli accettati et letti molto volentieri solamente per essere composizione vostra et a nostro giudicio elegantissima et ingeniosa. Se ben troppo et fori de la verità excede in laudarmi. Et perchè il volgar proverbio è: «So che tu non dici il vero, pur mi piaci», la teneremo cara per esser composta da una persona così dotta et nobile....»

A Lodovico Ariosto scrive per ringraziarlo del dono dell'Orlando, e comincia così una lunga lettera: «Magnifico messer Ludovico. Il libro vostro d'Orlando furioso m'è per ogni rispetto gratissimo»; e finisce: «et farvi nota l' affectione singulare che vi ho per le rarissime virtù vostre, le quali meritano di essere favorite. Così di core mi offro sempre a tutti i piaceri et comandi vostri.»

Bisogna ch'ella sia veramente stanca di qualche cavalcata, di qualche festa, o di qualche viaggio (ella ebbe per il viaggiare, specialmente in incognito, come una semplice pellegrina in cerca di emozioni estetiche, una grande passione) perchè la mano del suo fedele segretario Capilupo sostituisca la sua: chè quasi sempre scrive ella stessa i suoi messaggi d'arte; e sa essere ora dolce ed amichevole, ora breve e severa come, per esempio, quando mostra il suo scontento a Pietro Perugino per il quadro allogatogli e di cui ella stessa gli ha dato il soggetto: «Il combattimento dell'Amore e della Castità.» Un quadro che a lei non sembrò degno del grande maestro umbro dall'anima che parve la più religiosa del suo tempo, e che invece, come la critica ha messo in luce, non possedè alcuna fede nè alcuna virtù. Mistero della concezione d'arte! Non è dunque vero che per commuovere altrui l'anima dell'artefice debba essere commossa?

***

Le lettere d'Isabella d'Este a Leonardo sono dolci, quasi timide: ne sente la terribile grandezza di Nume! L'ammirazione che gli ebbe fu così grande che non esitò davanti ad alcuna difficoltà pur di procurarsi la gioia di godere la vista delle sue opere divine. Così, una volta, inviò apposta un corriere da Mantova a Milano, a Cecilia Gallerani, pregandola di mandarle il ritratto fattole dal grande fiorentino, che ella era ansiosa di ammirare. E la cortigiana, che pure aveva alto intelletto, obbedì tosto al volere della gran dama, e si affrettò con una umile lettera, a mandarle il ritratto.

Graziosissima è una lettera di Isabella a Leonardo in cui (nell'attesa del ritratto proprio) gli alloga un quadro che abbia per soggetto: «Gesù nella sua adolescenza». Ella dice in essa al caro messer Leonardo che il quadro gentile sarà per lui un riposo dopo la grande fatica dei cartoni (ai quali stava allora lavorando) della «Battaglia di Anghiari». E come fu sempre con lui longanime nella aspettazione! Per avere qualche sua opera, nè è certo se mai le riuscisse di averla, mise in moto addirittura mezza Italia!

Tutto quanto la circondò dovette essere bello. Sotto il suo impulso la Reggia dei Gonzaga rise per tutte le pareti, per tutte le vôlte d'ogni maniera di pitture e di ori: così su quella, come su l'antica casa dei Buonacorsi, sul vicino castello fortificato e sul suburbano palazzo del Te, parve passare il caldo alito di una nuova ellenica primavera.

E non solo di opere d'arte, il grande lusso della vita, ma anche di ben dirigere le industrie ella si occupò con fine e tenace intelletto. Soleva comandare e scegliere le più belle stoffe, non solo per sè, ma per tutta la Corte; ordinava maioliche a Faenza, vetri a Venezia, mobili ai più esperti lavoratori, e persino si occupò, tale fu in lei l'istinto dell'ottimo, di migliorare le razze degli animali.

Per gli oggetti antichi ebbe un vero culto, alimentato da un infallibile discernimento; anzi, questo culto le fece una volta commettere un atto che dovette costarle un violento sforzo sopra se medesima: si rivolse a Cesare Borgia, ch'ella detestava, perchè volesse cederle un «Cupido» di cui le era giunta fama, e ch'essa si struggeva di possedere.

È bensì vero che il Valentino si affrettò, galantemente, di soddisfare il desiderio della bella signora: la quale fu, poi, punita di quell'atto non conforme al suo carattere, perchè il «Cupido» era opera, bellissima sì, ma moderna.

Imparentata con tutte le Corti d'Italia Isabella vi faceva visite frequenti, e dovunque andasse regnava, per la sua grazia; e dappertutto suggeva, come ape dai fiori, il miele di ogni nuova e buona idea, di ogni costumanza gentile, di cognizioni e di amicizie preziose. Tornata in patria, faceva tesoro di quanto aveva veduto ed appreso, e non si stancava di migliorare e di abbellire: così, per lei, sorse, nel più bel foro di Mantova, una statua di Virgilio.

Il suo «studiolo», così ella chiamò, e con tal nome divenne celebre, un appartamento di poche stanze, era il sanctasanctorum, il cuore della Reggia: e la fama che ne giunge a noi è fatta a posta per giustificare l'amore che per il dolce suo nido ebbe la magnifica signora.

Ella aveva allestiti, nel suo palazzo, due appartamenti, secondo il suo piacere: al piano terreno era il museo delle sue preziose «anticaglie», che era chiamato «la Grotta»: un poeta del tempo ha detto:
«...e giù posto a terreno
Quel loco che la Grotta il mondo appella.

L'appartamento del piano superiore era detto il «Paradiso», e di questo le stanze più intime, a lei più care, erano il suo celebre «Studiolo». Una meraviglia. Le pareti ricoperte di squisite tarsie di legno, i soffitti tutti a delicati ori su fondo azzurrino, su cui si legge, oltre al nome della Dea di quel tempio, la sua bella e forte divisa: «Isabella Estens. March. Mantuae 1524. Nec spe nec metu». Le tavole e le tele dei prediletti maestri la adornavano, le porte eran squisitamente scolpite nel marmo: e collezioni di medaglie e di camei, di rari strumenti musicali (era Isabella esperta arpeggiatrice di liuto) di armi damaschinate, di pietre preziose incise. Ivi si allineavano i libri che Aldo Manuzio le mandava, in rilegature stupende; ed alti specchi di Murano riflettevano tutti quei peregrini tesori. I soggetti delle pitture, voluti e comandati da lei, erano tutti lieti: qui una «Leda» di Lorenzo Costa, là danze di amorini del Perugino; poi due quadri di colui ch'è stato detto «il più grande poeta della pittura», Antonio Allegri; e due tavole meravigliose di Andrea Mantegna: l'una «Venere e Marte sorpresi da Vulcano», l'altra «Minerva e Diana che scacciano i vizî».

***

È facile a noi, mi pare, di comprendere, come nessuna delle corti del Rinascimento potesse stare al pari di quella di Mantova, la quale era ritenuta da tutto il mondo come un vero Museo.

Io penso quanta viva ammirazione dovette suscitare intorno a sè, in un tempo di così diffuso «esteticismo» questa adorabile creatura, animatrice di tanta bellezza, dall'anima così armoniosa, che ebbe tanto pensiero su la bella fronte, sotto la corona del lucido oro! E se pensiamo da quali uomini ella fosse circondata e adorata, dobbiamo veramente imaginarla temprata di incorruttibile acciaio, poichè sappiamo che da nessuno di tutti quei principi del sangue o dell'ingegno, le due grandi aristocrazie della terra, ella fu mai indotta a piegarsi al male. Era a' suoi piedi il magnifico Pietro Bembo, che fu detto il grande «flirteur» del Rinascimento, colui che offriva il suo cuore a spicchi, come un vivo melagrano, a tutte le gentildonne del suo tempo: l'ammirava il Bibbiena, che fece rappresentare per la prima volta, in suo onore, a Roma, la scurrile Calandra: Baldassare Castiglione, che nel «Cortigiano» ci dice come ella fosse l'ideale della compita gran dama: l'ammirarono tutti coloro che la conobbero.

A Ferrara, quando vi si recò, contro sua voglia, per assistere alle nozze di suo fratello Alfonso con Lucrezia Borgia, fu proclamata, di tutte le principesse ivi convenute, la più bella: di là, una delle dame del suo seguito, scriveva: «La signora Isabella è da li nostri e da quelli son venuti porta il vanto de la più bella, e questo è senza fallo, poichè appetto sua signoria erano le altre un niente. Così dunque porteremo il palio a casa di madonna mia». Ah, che deliziose lettere ella scrive, ogni giorno, dalla sua Ferrara, al marchese suo marito! Che curiosi particolari di quelle nozze splendide eppure non liete, in quel mite calendaprile del 1503! Peccato non potere citare. Un gran posto, in quel carteggio, è occupato dalla descrizione dei bellissimi abbigliamenti della «sposa» (sulla quale, Isabella, da fine diplomatica, evita di dare il suo giudizio) delle altre dame e delle sue proprie: l'«eterno femminino» non si smentisce!

Non trascura però di dare al marito le notizie che possono fargli piacere: come p. e. quando gli annunzia che in un combattimento dato in onore degli sposi, tra gli uomini d'arme ivi adunati, la vittoria è toccata a Vicino da Imola, al servizio del marchese di Mantova: «Vesino restò a cavallo, et cum gridi infiniti andò volteggiando per il stechato. Insomma, la palma è nostra».

A Milano, dove era stata nel 1491 per le feste nuziali di sua sorella Beatrice con Ludovico il Moro, fu l'astro più luminoso di quella eletta radunanza. Uno dei tratti del suo piacevole spirito ci è tramandato da un episodio arguto messo in luce da un dotto scrittore. Si doveva un giorno ragionare, tra le più colte dame e i più dotti cavalieri, di letteratura e d'arte, e allora si accese una disputa tra la marchesa di Mantova e un cavaliere milanese, Galeazzo Visconti, tutti e due innamorati del Boiardo, se fosse da preferirsi, tra i suoi eroi, Orlando o Rinaldo. Isabella teneva vivacemente le parti di Rinaldo, per quello charme de la canaille che piace tanto chi sa perchè? alle donne oneste; e la cronaca dice che ella perdette, e che dovette pagare una scommessa al suo elegante avversario, durante una lieta cavalcata.

Gaia, vibrante, serena, forte della sua interiore purità, ella ebbe del suo tempo, l'amabile piacevolezza, lo scetticismo bonario, il gusto del conversare un poco ardito e sensuale, che pur seppe contener sempre nei limiti dell'onesto.

Sappiamo che cantava con una bella e calda voce accompagnandosi con esperta mano sul liuto: e anche per il canto sceglieva i versi più dolci e più belli. Pietro Bembo, mandandole una volta sonetti e strambotti composti per lei, così le scrive: «Confortami che se saranno cantati da V. S. si potranno dire fortunatissimi. Ne altro bisognerà perchè agli ascoltanti piacciano e siano più avuti cari, per la bella et vaga mano et la pura et dolce voce di V. Ill.ma Signoria».

E il Trissino, in una canzone, celebra così la sua valentìa:

Ma quando le sue labbra al canto muove

Tanta dolcezza piove

Dal ciel, che l'aere si rallegra e il vento.

A me piace anche pensarla recitante i versi di grecotoscana vaghezza di Angelo Poliziano: p. es., qualcuno de' suoi un poco birichini rispetti:

So innamorato d'una rosa rossa,

E il giorno non mi so da lei partire,

Quando ci passa il suo bel petto mostra

Ed è sì bianco che mi fa morire!

E penso anche con che ghiotti orecchi l'avranno ascoltata quei gaudenti di allora, per i quali ella ebbe sempre il dolcesognato sapore del frutto proibito! Chè «noli me tangere» stava scritto su le piccole fresche labra canore, sui belli occhi celesti di madonna!

Ella si contentò di tendere l'orecchio a tutte le grandi voci del Rinascimento, di comunicare coi grandi Spiriti che daranno a lei, omaggio riconoscente e meritato, l'immortalità; si contentò che davanti a lei piegassero il ginocchio, con devoto cuore, gli artefici divini che tenevano alti nel bel sole italico, i sacri orifiammi del Genio; i cavalieri dotti e cortesi che si chiamarono: Lorenzo, poeta e signore magnifico, Giovanni Pico della Mirandola, che aveva un fiume di sapienza sotto la bella chioma inanellata, Lodovico il Moro che riscattò i suoi torti di principe italiano con l'affetto che ebbe all'eroe da Vinci; o finalmente, se anche non nelle grazie di Isabella, il bieco e pure grande Valentino. E fra tutti ella passa come vestita di amianto, tra il coro delle laudi ardenti e sensuali, tra tanta suggestione di ambiente, in contatto coi più veementi spiriti di quel singolare momento storico: ella non vacilla mai.

Come argute dovettero essere, ad esempio, le relazioni tra questa dolce e casta signora e uno dei maestri che lavorarono per lei, il più giovane e il più bello (ella conobbe Leonardo già maturo) l'amatore appassionato e terribile, Giorgio Barbarelli! Giorgione! A questo nome una lunga teoria di femmine, voluttuose e magnifiche, passa per la nostra mente: sono dame illustri, cortigiane, modelle, umili popolane, che furono amate da lui con insaziabile ardore, cui egli diede i baci fugaci della sua breve vita, cui rapì, ad ognuna, un segreto di bellezza, un recondito pensiero, da lui eternato su le tele, nell'oro caldo dei cieli ch'egli dipinse, ne' fantasiosi paesi, nel mistero di quelle composizioni che turbano ancora, dopo tant'anni, l'anima di chi le contempla! E fra tutti quei molli, avvincenti sorrisi di bellissime vinte, egli, il giovine ardente e bello, nato amante, così, per fatalità, come era nato pittore, avrà guardato con la devota, quasi religiosa ammirazione con cui si guarda una cima irraggiungibile, la nobile signora di Mantova, che pièleggera camminava tra le fiamme di tante vive passioni, ardente ella medesima, senza abbruciarsi nemmeno un lembo del suo manto marchionale.

Così amo io evocarla, magnificamente bella e soave, in una sua lunga veste di broccato d'oro dalle ampie maniche foderate di ermellini o di vaî, cinto il collo, adorna la fronte di gemme splendide, che pure scintillano meno dell'oro caldo della sua chioma.

Intorno a lei tutta la «Società» del Rinascimento: bellissime dame e damigelle, adolescenti dalle lunghe chiome, cavalieri serrati nelle cotte di velluto, di zendado o di ermesino, oppure scintillanti d'armi damaschinate. Volan per l'aria le strofe di Poliziano e di Lorenzo, si slancia verso il cielo la recente cupola di Brunellesco, ridon per tutta Italia le tele di un manipolo di grandi che comunicano altrui la gioia dei loro sogni immortali: l'anima dell'uomo (e non è essa forse l'universo?) si ridesta alla bellezza ed alla gioia, avendo gettato come un ponte di luce, su le tenebre, che la riallaccia alla divina serenità dell'antica Grecia.

Che fa se la grande profetica anima del Savonarola esala in roventi parole, che sembran l'onda di biblici fiumi, le sue tristi profezie? Che fa se la politica italiana giace inerte, ferita la sua grande ala di vecchia aquila? La gloria di un popolo è multiforme: non abbiamo dunque il diritto di lagnarci di un periodo nel quale la bellezza, fiorisce sul caro suolo italico e irraggia il mondo come da un trono. Solo molto più tardi alle idee si sostituiranno le azioni, e la nostra patria sarà fatta una, autonoma e imperitura: allora la patria ideale delle anime era l'arte, l'angelo delle vittorie era il genio dei nostri artefici immortali.

***

Isabella d'Este Gonzaga fu dunque del rinascimento, agli occhi miei, l'anima femminile più serenamente poetica, la mente più equilibrata, il più limpido e più puro sorriso. E il suo amabile ingegno, il suo sano eppure ardente amore per l'arte, fu l'essenza stessa della sua vita, fu la stella dolce splendente che la guidò nel suo cammino, fu la fiamma viva che purificò l'aria intorno a lei, divenuta per virtù di quel fuoco, refrattaria ad accogliere ogni alito impuro.

Arte! Magica, incantatrice parola, il più dolce aroma della vita, la benedizione maggiore che il cielo abbia data all'uomo nel mare delle sue amarezze! Io vorrei vedere risplendere i sacri segni dell'amore dell'arte specialmente sopra ogni fronte femminile: vorrei che tutte noi donne volgessimo ogni più valido sforzo a renderci atte a comprendere l'arte, a gioire in virtù di essa.

Poichè è fatale che al mondo anche noialtre (non c'è in faccia all'Eterno, diversità di aspirazioni nell'anima dei due sessi) dobbiamo inebriarci di qualche cosa, dare a qualcuno, a qualche inclinazione, a qualche ideale, il di più delle nostre energie intellettive, ah diamoci tutte, o sorelle, diamoci all'adorazione dell'arte, la sola verità terrena immutabile, la consolatrice eterna! Essa soltanto non ci tradirà mai, essa sarà per i nostri cuori assetati di ideale, una luce fedele e non peritura, la quale ci guiderà, sorridendoci e sorreggendoci come una pietosa amica, lungo il nostro cammino. Essa soltanto ci darà, nella realtà, il sogno: perchè tutto il resto, fatalmente, è sempre inferiore alla nostra aspettazione, è una gioia che passa, è un sorriso fugace ed incostante. L'arte sola, o sorelle, è fonte inestinguibile di gioia: l'arte è salvazione.

CLEOPATRA

Vagabondando fra le belle, care, antiche conoscenze delle gallerie Capitoline, una tela del Guercino «Cleopatra innanzi ad Augusto» ha colpita, giorni sono, la mia fantasia come una cosa nuova, ed ha svegliate, insieme ai miei ricordi storici, le mie pugnaci velleità critiche. Non intendo certo discutere qui, nè altrove, l'arte pittorica di Francesco Barbieri, pittore di bella fama nella scuola della «fosco turrita» Bologna: non sul colore, non sul disegno del maestro da Cento, appunterò io gli strali della mia critica: ma come pensatore di quella tela, anzi di quella figura di donna, io lo condanno a comparire davanti a questo postumo tribunale.... accusato del delitto di lesa maestà e di lesa storia.

***

Esaminiamo il corpo del delitto. Prostrata, in atto umile, la bellissima donna rivolge al giovane romano i dolci occhi di madonna, imploranti, e pare attenderne anelante il verbo di misericordia: tale una bella schiava, decaduta dal suo potere di favorita, invocherebbe mercede dal suo signore e padrone. Errore di verosimiglianza storica, errore ch'io mi sento irresistibilmente tentata di rilevare, per l'attrazione di simpatia che provo, a malgrado delle sue innegabili colpe, per quella forte e singolarissima donna che fu la regina d'Egitto. Un attento studio psicologico fatto su le istorie della figlia de' Tolomei (sia pure la sua una psiche piuttosto complicata) può darci la retrospettiva sicurezza morale, che ella non si prostrò mai, alla maniera che pensò il Guercino, nemmeno allorchè fu vinta: nè si può, parmi, essere d'altro avviso, nemmeno in omaggio a quel titano di Guglielmo Shakespeare, che fa spesso la storia a suo modo.

Figuriamoci se il suo fiuto sottile di donna politica, se la sua coscienza di donna bella, se il suo sangue, eredità incorrotta di dominatori, per lungo ordine di secoli, le avrebbero concesso di prostrarsi nella polvere innanzi all'imberbe ch'ella voleva soggiogare, per farne un docile alleato! La tradizione ci narra che il giovane romano non si lasciò prendere al laccio, aiutato nella resistenza, dalla sua gelida natura, in cui l'ambizione longanime era l'invincibile forza: ma certo la sua nemica non ebbe a mettere al passivo di quell'impresa fallita (i politici sogliono, ahimè, non guardare ai mezzi in vista dello scopo: e non solamente in Egitto!) nessun atto che recasse offesa alla sua dignità sovrana. Farà forse qualcuno le meraviglie per questa mia discesa in campo pe' belli occhi di Cleopatra: chè a Scuola, nelle storie «ad usum delphini» s'impara a nutrire un sacro orrore per la nemica di Roma, per colei che «ha scorticato Marc'Antonio» come dice Goldoni, per «Cleopatras lussurïosa», come dice il padre Dante, il quale forse non la disprezzava tanto, quantunque l'abbia messa nelle «tenebre eterne». Ma io resto salda nella mia opinione, e spezzerò la mia lancia donchisciottesca, per la memoria tanto vituperata della principessa egiziana: forte anche di quello che ha detto il Manzoni, cioè che «i fatti bisogna interpretarli e giudicarli con qualche cosa ch'è superiore ai fatti».

L'impresa mia, lo riconosco, è alquanto ardua: Cleopatra, ahimè, non è popolare, e sono certa che un plebiscito mascolino la dannerebbe, inesorabilmente, a morte. Per quell'odio fatalmente latente fra i due sessi, quale uomo potrebbe pensare senza retrospettivo dispetto, che la piccola mano della Lagide ha menato pel naso Giulio Cesare, l'uomo forse il più grande della latinità? Ma in un nobile consesso femminile, di donne nobili per intelletto e nobili per virtù d'animo, chi mai oserebbe, pur essendo senza peccato, di gettare la prima pietra alla donna sventurata che tanto amò? Pensando, studiando, criticando senza partito preso, non è possibile non accorgersi d'essere davanti ad una creatura di gran razza, ad una figura deliziosamente estetica, a una donna assolutamente di valore.

Richiamiamo un poco i nostri ricordi: volete? Successe Cleopatra, sul trono d'Egitto, a dodici re di sua gente, una gente greca che governò da prima l'Egitto in nome del grande Alessandro, e che gli successe fondando la dinastia dei Lagidi, la quale occupò quel trono gloriosa nella guerra e nella pace: e fu, Cleopatra, l'ultima signora di quella sacra terra innanzi al dominio romano.

I poeti, amici proni di Augusto, l'hanno descritta un mostro di scostumatezza e di male arti di regno: ma nulla di ciò è provato: nulla, all'infuori delle sue avventure d'amore con Giulio Cesare prima, poi con Marc'Antonio. E Plutarco, il fedele e meraviglioso narratore, non vilipende il suo nome. Esso è quello d'una Regina che riunì in sè molte debolezze femminili e una vigorosa intelligenza, uno spirito colto e una raffinata educazione Alessandrina: il gusto squisito d'artista della razza greca alla quale apparteneva: poco dominio di sè nelle passioni, qualità affettive insuperabili. La dissero frivola, lusinghiera, profondente tesori per adornarsi (non dimentichiamo ch'ella era una Regina d'Oriente!): possedeva le più meravigliose perle che allora si trovassero al mondo: ma in pari tempo copriva Alessandria di monumenti d'arte, che tramandavano all'avvenire la sua gloria di Sovrana: amava la gaia vita, i piaceri, i giuochi, i profumi, le follìe: ma nessun dono mai le fu più caro della biblioteca di Pergamo, ricca di duecentomila volumi, omaggio a lei di Marc'Antonio, ch'ella fece custodire come un tempio. Ella soleva giuocare con l'Amore, e s'innamorò di Antonio e lo amò d'uno dei più possenti e tragici amori che l'umanità ricordi. Tenne testa a rivolte di palazzo, sedò personalmente tumulti di eunuchi, sfidò Cesare e Roma.... e fuggì ad Azio. Non seppe resistere al dubbio periglio in faccia alle galere romane e affrontò serena e volontaria la oscura morte, piuttosto che vivere spogliata del serto dei suoi padri. Tipo complicato, singolare, mobile, diverso, ch'io non esito a definire quello d'una «sentimentale», quantunque non del tutto rispondente all'idea che d'una sentimentale può avere una coscienza del secolo decimonono. Mi pare che in lei il sentimento prevalesse su le sensazioni: per queste, difficilmente si rinunzia alla gloria prima, alla vita poi. Nè la sua lunga fedeltà a Marc'Antonio mi pare indizio di temperamento puramente sensuale. Certo, il fondo della sua psiche è la sincerità.

Il divino Giulio ne fu ammaliato, piegò innanzi a lei il suo ginocchio di Semidio, l'amò violentemente. Non potè, non volle tornare nell'urbe senza che l'Egiziana ve lo seguisse; e là la condusse e le offerse ospitalità nel suo palazzo su le rive del biondo Tevere, ed ella col piccolo Cesare Tolomeo e col suo seguito, vi dimorò alcun tempo conducendovi una vita semplice, austera, degna d'una matrona romana.

Bandì il lusso asiatico, dimenticò per quel tempo di essere una Regina d'Oriente, per essere soltanto l'amica di Giulio Cesare. Una bella e sapiente amica che, pari a una greca del secolo d'oro, accoglieva intorno a sè i Savï e i poeti, disputando con loro di cose di bellezza. Mi piace imaginarmi nei rossi vespri di Roma, sotto le brune chiome dei lecci, la Lagide incantatrice ascoltare l'eloquenza di Cicerone, e a quella «tenere bordone» nella sua dolce favella. Un così soave parlare, aveva ella, una così melodica voce che ognuno ne restava colpito: ed in tante favelle poteva rivolgersi altrui, che quasi mai l'interprete le era necessario: agli egiziani, arabi, ebrei, etiopi, ai siri, ai medii, ai parti, essa parlava nelle loro lingue: e certo ella apprese, su le fiorite rive del Tevere, la lingua dei dominatori del mondo. Il divino Giulio ne era folle, come folle può essere un nume: da gran cavaliere quirite le prodigava ogni maniera di omaggi, fino ad innalzarle una statua nel tempio di Venere. Ma egli l'amava come ama un nume, con una sola parte del suo cuore: ed ella sognava l'amore che dà tutto, l'amore in cui abbia principio e fine il mondo!

Il pugnale di Bruto mise fine all'idillio di Roma: come il Dittatore cadde, ella riguadagnò il sacro suolo e attese.

Poco di poi, Marc'Antonio, con le sue legioni, con le sue galere, occupava l'Oriente; e il capitano di Roma, il soldato di Farsaglia e di Filippi, l'amico prediletto di Giulio Cesare, invitava ad abboccarsi con lui a Tarso la Regina d'Egitto. L'incontro, il romanzo d'amore di quei due, è qualche cosa di così bello, di così tragico, di così epico, che l'arte nulla ha mai potuto aggiungervi: la storia di Cleopatra ha ispirato circa trenta tragedie, molti canti, e un'infinità di opere d'arte pittorica; ma la finzione non ha mai, a mio credere, superata la realtà. Quella storia, specialmente l'epilogo, è una epopea di verità. Quale meraviglioso sogno di poeta può eguagliare la magnificenza della regale trireme che porta Cleopatra verso Tarso, navigando su le brune acque del Cidno? La poppa è d'oro, i remi tutti d'argento, di porpora le vele che, quali enormi farfalle, fendono l'aria luminosa. Da tripodi d'oro s'innalzano verso il cielo molli e sottili profumi, fanciulle vaghe come nereidi recano intorno coppe preziose colme di vino biondo come il miele, garzoni belli come fanciulle offrono, in piatti d'oro, dolciumi prelibati, piccoli etiopi, bruni e lucenti, agitano grandi ventagli composti con le piume di uccelli rari. Sopra un dado, sotto il suo trono scintillante di gemme, tra la pompa di tappeti molli come chiome di ondine, la Regina sta e aspetta. Vestita di porpora e di bisso, il serto regale cinge la sua breve fronte, bianca come la luna, i suoi occhi splendono più delle gemme, la sua chioma profonda come le tenebre le ricade sugli omeri ignudi.

E sistri e flauti, celati alla vista, suonano voluttuose melodie, e la trireme maestosa s'avanza su le acque brune.

Cleopatra era conscia della sua forza; ma quella forza che vinse il divino Giulio, che fece del prode Marc'Antonio un vile sublime, poteva essere fatta soltanto di corporale bellezza? Ognuno ricorda il motto di spirito di Pascal: «Se il naso di Cleopatra fosse stato più corto, la faccia del mondo sarebbe cambiata», ma quello, evidentemente, non è che un motto di spirito. Antonio, il romano raffinato come un orientale, il forte e insaziabile amatore, il maturo e gaio conoscitore di femmine, marito infedele di caste e vaghissime matrone, folle signore di meravigliose cortigiane, Antonio non doveva essere facilmente vinto nella pugna d'amore. Eppure soggiacque.

Amore, il più orgoglioso dei despoti, si vendicò di tutti e due i combattenti, che lungamente erano rimasti vincitori di lui, di lui «nella pugna invitto!»

La figlia de' Tolomei e il triumviro romano si abboccano, nemici, decisi a giuocarsi, a perdersi: ma entrambi provano per la prima volta, la vera, la onnipotente passione. Si amano; e che vale più per loro il trono secolare dei Lagidi, il Campidoglio, Roma? Si amano: l'altare di Eros è il solo loro trono. E Cleopatra depone lo scettro: non è più regina, è solo donna, è solo una perfetta amante. Ha tutte le soavità, tutte le pieghevolezze, tutte le graziose puerilità della donna innamorata. Il suo amante, ch'è sempre artista, anche quando folleggia, immagina feste, travestimenti, caccie, combattimenti fluviali: ogni maniera di svaghi. Ed essa è sempre con lui, sorridente e sottomessa, lieta di quanto lo fa lieto. Egli combatte, ed ella non lo abbandona: diventa una bella guerriera, e l'«Antoniade», la nave ammiraglia della flotta egizia, discende nelle acque perigliose.

Ma l'ira di Roma minaccia il romanzo d'amore.

Dicono gli storici che il Senato romano tremava alla vigilia della battaglia d'Azio, tanto la fama dei suoi nemici valeva.

Azio! Commovente, epica evocazione! Debolezza di donna che il nostro cuore perdona, sublime viltà d'uomo innamorato che non sappiamo esecrare! Ma se è vero che una bella morte può redimere tutta una vita di errori, come non ammirare facendo tacere, per un poco, la nostra coscienza di cristiani, la morte di Cleopatra? Se nella vita ella avea potuto qualche volta discendere dal suo trono, con la morte ella vi risale per sempre.

I soldati di Ottavio non avranno viva la discendente di tanti re. Vestita di porpora e di bisso, col serto dei Lagidi su la breve fronte bianca come la luna, coricata sul suo letto di cedro e d'oro, istoriato da sapienti artefici alessandrini, ella dorme per sempre, calma e superba, come Iside divina.

I brutali legionari romani entrano, calpestando i molli tappeti, versando i monili di perle dalle coppe preziose.

«La Regina?» — «Eccola» dice una delle sue donne. E l'aquila romana s'inchina alla maestà della morte.

Gli onori supremi, meglio che ad Alessandria, furono resi a Cleopatra nella città eterna. La sua morte vi fu festeggiata con giuochi e sacrifizi, sì come quella di potente e temuta nemica. Forse che l'odio di Roma poteva addensarsi su d'una vaga testa di donna, se questa, sotto il raggiante serto, non avesse avuto una mente forte e consapevole? In lei spariva finalmente l'Oriente guerriero, nemico di Roma, e il popolo romano ne esultava: ma la sua memoria rimaneva, eterno retaggio di Poesia e di Bellezza, alla Storia e all'Arte.

E noi, dopo così lungo ordine di secoli, noi esteti d'una età in cui mal si ristora chi alle fonti della bellezza spera spegnere la propria sete, all'eterno retaggio esultiamo ancora. Il dilettevole — lo ha detto persino Leopardi — «è utile sopra tutti gli utili della vita». Creare della gioia è beneficare l'umanità: una cosa bella è gioia, per sempre, sia essa finzione d'arte o realtà. E la vita di Cleopatra è un capolavoro vissuto. Ella fece della sua vita una grande opera d'arte, certo inconsciamente, come inconsciamente l'artefice dà vita al capolavoro. Dica pure il bieco Macbeth che la vita non val nulla, ch'essa è «una favola raccontata da un idiota»; ma quando la vita, come quella di Cleopatra, è una favola raccontata da un poeta, allora può valere la pena di viverla: e la favola è immortale.

Ecco perchè a me pare che l'episodio di questa classica favola non sia stato bene veduto dalla mente nè bene raccontato a noi dal pennello dell'antico maestro colorista Francesco Barbieri, detto il Guercino.

GIULIA RÉCAMIER.

Io voglio parlare a qualche delicata anima femminile di Giulia Récamier, di colei la cui fama vola nel mondo da più di un secolo, sì come fama di uno di quei monumenti di divina perfezione, la quale ahimè per essere umana, è destinata a perire, in breve volger di tempo, in tutto.... fuorchè nel ricordo.

Ma questa donna tanto celebrata per la sua grande bellezza ebbe, a' miei occhi, una bellezza interiore ancor più grande di quella che adornò il suo corpo mortale; bellezza che il meraviglioso involucro offusca, a prima vista, in faccia alla folla, gettandola come nella discreta luce del secondo piano di un quadro: ma che si rivela all'indagatore non volgare con un profumo di gentilezza sottilmente squisito, e finisce col diventare, di quella figura, il carattere essenziale.

A me sembra che il sortire da natura il dono completo della bellezza produca in faccia alla propria coscienza ed in faccia alla vita, una grave somma di responsabilità. L'uso della ricchezza è uno dei più serî problemi umani, non è vero? Ebbene, quale più grande tesoro della bellezza, quando essa sia giunta alla sua estrema perfezione? Ed io dirò qui come Giulia Récamier sapesse fare uso della sua divina beltà secondo la legge della perfetta saviezza.

Sarebbe superfluo ch'io mi mettessi a fare l'elogio dell'esteriore di Giulia Bernard, la piccola borghese di Lione, che andò sposa, non ancora uscita dall'adolescenza, a Giacomo Récamier, maturo banchiere parigino, per il quale ella fu sempre e soltanto una dolce ed affezionata figliuola. Ella, nata nel 1799, morta nel 1849, racchiude nel periodo abbastanza lungo della sua vita, la parte più importante della moderna storia di Francia: e di lei hanno detto i cronisti del suo tempo, e i maggiori artisti l'hanno celebrata con la penna e col pennello.

Chi ora guardi il suo celebre ritratto del «Louvre» (quello stesso ch'ella offerse, unico refrigerio alla sua vana sete, al principe Augusto di Prussia, e che le fu rimandato alla morte di lui) prova una delle più forti e soavi commozioni estetiche che sia dato provare, e comprende quanto dovesse essere grande l'incanto di quella deliziosa bellezza. Davanti a quella imagine si sente come il bisogno di ripetere, facendovi una variante, un motto celebre, e si esclama mentalmente: «Signora, io vi ringrazio di essere così bella!»

Ma io voglio ora parlare di quella sua bellezza che tutti non sanno o non vedono, e spero di poter comunicare altrui un'altra commozione, non inferiore alla prima, tanto che si possa sentire salirsi dal cuore alle labra questa seconda esclamazione: «Signora, io vi ringrazio di essere così buona!» Ah veramente a me pare che nella vita umana la bontà non sia ancora onorata abbastanza! O forse che un'opera di grande bontà non è pari, in virtù attiva, ad un'opera di genio? Anzi io vorrei, se ci fosse il culto delle virtù astratte, sotto forma di simboli, io vorrei dare l'onore del più elevato altare alla perfetta Bontà: la quale «con le ginocchia della mente inchine» dovrebbe essere adorata. E Giulia Récamier fu idealmente buona, ed io vedo la sua bontà splendere davanti agli occhi della mia mente, più luminosa ancora della sua fulgida bellezza, più ancora del candore di giglio della sua immacolata castità.

Quando ella fu condotta, sposa giovinetta, dal marito nominale che l'amava con affetto di tenero padre, dalla provincia in quel torbido centro di vita che allora più che mai era Parigi, sotto il governo del Direttorio, non vi rimase a lungo ignorata.

Quantunque di modesta famiglia, e per tradizioni e per relazioni personali ella fosse devota all'antico regime, pure si guadagnò in breve, non solo la generale simpatia, ma la popolarità, ed occupò subito un posto eminente su la scena di quel teatro a rappresentazioni così straordinarie. Parigi era preso allora come da una frenesia di godimento e di gioia di vivere, dal bisogno collettivo di rifarsi del tempo perduto, del dolore sofferto.

L'adorazione della bellezza era una delle forme di quel nuovo spirito di gioia: e, guidata dagli «intellettuali» di allora, l'anima collettiva, affettava ancor più che forse non sentisse, tendenze verso il ritorno al gusto pagano. Il pittore David era uno dei maggiori apostoli di quella «Religione» e ad ogni cosa bella si decretavano, per ideale plebiscito, onori quasi divini.

La prima volta in cui Giulia Récamier apparve in pubblico, a Parigi, fu in un giorno bello e solenne.

Il Direttorio dava una festa in onore del giovane vincitore d'Italia: e aveva scelto, non essendovi altro luogo abbastanza vasto, il cortile del palazzo del «Lussemburgo», trasformato magnificamente. Nel fondo, sopra una specie di altare, la statua della Libertà: a suoi piedi, nei paludamenti romani, i cinque Direttori; poco discosto i ministri, gli ambasciatori, i generali, tutti i grandi personaggi di quell'eccezionale momento storico: e di faccia, disposti in anfiteatro, gl'invitati, a migliaia. Entra l'«eroe» seguito dal suo giovane «stato maggiore»: ancora magro, col fine profilo di medaglia romana tra i lunghi capelli, egli gira su la densa assemblea, accolta per onorarlo, il suo grigio sguardo di dominatore. Talleyrand, allora ministro degli esteri (che portava nel governo rivoluzionario insieme alla sua mobile coscienza il sapore di squisita signorilità di altri tempi) dà il primo saluto a Bonaparte, e questi risponde brevi, nervose parole, che suscitano un uragano di applausi. Poi comincia a parlare Barras.... Allora, dal suo posto di invitata, tra quella folla febrile, Giulia Récamier è vinta dal desiderio di vedere meglio il giovane eroe nella cui mano breve sta il destino il Francia: e si leva in piedi, curiosa, sul suo scanno. È vestita di bianco, il colore suo preferito; intorno al collo le gira un lungo filo di perle, le gemme che ella predilige; la sua fronte è più bianca dei suoi veli, più bianca delle sue perle.... Un fremito di ammirazione corre per l'assemblea: non più Bonaparte ma Giulia Récamier è il bersaglio di tutti gli sguardi attoniti, sorrisi dalla incantevole, novissima apparizione. Bonaparte se ne accorge e si volge a guardare colei che gli contende l'attenzione del pubblico: gli occhi d'aquila s'incontrano un attimo con quelli di colomba.... e la bella donna, sotto il duro inflessibile sguardo, impallidisce e trema. Da Napoleone imperatore, cui ella nella bontà del suo cuore, non seppe perdonare nè la morte di Enghien nè gli esilii di amici diletti, ebbe a soffrire in seguito cattivi trattamenti: pare anche accertato ch'egli tentasse metterla nel numero delle sue conquiste femminili, di quelle ch'egli prendeva, così, come fortezze da espugnare e abbandonava tosto sdegnosamente, come vile bottino di guerra.... Ma ella era l'invitta, e il Côrso terribile la trovò inespugnabile come i ghiacci del nord ch'egli doveva, a suo danno, sperimentare un giorno....

***

La vita di Giulia Récamier non ha tappe importanti che la dividano in periodi notevoli e diversi. Due rivolgimenti finanziari sofferti da suo marito a breve distanza l'uno dall'altro, furono causa ch'ella dovesse rinunziare al lusso col quale aveva iniziata la sua vita a Parigi; ed ella fece serenamente, con fortezza d'animo esemplare, la rinunzia a tutto ciò che era la naturale cornice della sua persona.

Ma la sua casa, convegno di tutti i più eletti spiriti di Francia, durante il periodo della ricchezza, lo fu tuttavia anche dopo il tramonto della fortuna: direi anzi che mai come alla AbbayeAuBois, l'ultimo e modesto suo asilo, fu così ricco e così saldo il drappello de' suoi illustri e fedeli amici.

Gli amici: ecco la vita di Giulia Récamier, di colei che Iddio ornò di così magnifici doni e che pure privò delle più dolci e profonde gioie della esistenza. Pare che un amichevole accordo, forse cagionato dalla grande sproporzione delle età, avesse stabilite tra i coniugi Récamier le relazioni che uniscono un padre ed una figliuola: così che ella non fu moglie, non fu madre, non fu amante, e concentrò tutte le energie effettive della sua giovane anima nelle effusioni dell'amicizia. E la sua amicizia fu ardente ed immutabile, e i tesori di devozione femminile che racchiudeva in sè, li gettò, con regale

17

munificenza, dalle sue belle mani aperte, sul capo de' suoi amici, quanto più sventurati, tanto maggiormente a lei cari: e coloro ch'ella onorò del dolce nome di amici, amò veramente come fratelli, come figliuoli, fino al sacrificio, fino all'eroismo, vincendo ogni ostacolo per soccorrerli, sfidando per essi il pericolo, sempre lieta e sicura, come chi compie un dovere sacro al proprio cuore. Ma tutti i suoi amici furono veramente degni di lei; perchè non solo ebbero essi grande la mente, ma grande il cuore: ed ella ebbe la profonda soddisfazione di non ingannarsi mai nell'accordare il suo affetto, in cui una specie di affinità elettiva compiva la selezione.

Tutti coloro che furono i suoi amici fedeli, che l'amarono fraternamente anche vecchia e malata, avevano tutti cominciato con l'amarla di ardente amore: ma a poco a poco ella aveva saputo compiere il prodigio (ah se ogni donna potesse rapirle il segreto!) di trasformare, Circe al rovescio, in fratelli dell'anima, in puri e devoti spiriti, gli amanti che bruciarono da prima per lei di fiamma impura.

Se si pensa al magnifico esercito (è la parola) di uomini che l'amarono, usi come siamo a considerare la fragilità umana come una malattia dalla quale difficilmente si scampa, siamo quasi tentati di dubitare della trionfale resistenza di lei a tutti. Ma a poco a poco noi ci pentiamo sinceramente del nostro dubbio ingiurioso, studiando bene sui documenti la vita di lei, respirando l'atmosfera di purità ch'ella diffonde dintorno a sè.

Passiamo dunque un poco in rassegna quello che ho chiamato «esercito».

Noi vediamo Luciano Bonaparte, giovane e bello, ne' suoi gesti un poco teatrali, spasimare, gemere di amore per lei. Egli compone opere letterarie (veramente, assai mediocri!) in cui esala la piena del suo sentimento: è una specie di epistolario, dedicato da un «Romeo» alla «divina Giulietta». Ma «Giulietta», tra dolce e birichina, un poco sorridendo, un poco rattristandosene, non accoglie l'omaggio, e mette tutto il suo cuore a tentare la guarigione del suo infelice amatore.

Vediamo il principe Augusto di Prussia, valoroso e bello come un eroe della sacra Hedda, perdere il senno per lei: lo vediamo a lei per lunghi anni fedele, giungere perfino a proporle di sposarla, scongiurandola di ottenere il divorzio. A questo patto pare che Giulia, per un momento, esitasse.... ma ben presto vinse la pietà per l'uomo buono e paterno che aveva liberamente sposato, promettendogli fede; e con l'ausilio della religione che le suggeriva il rispetto dei legami del matrimonio, anche se questo sia solamente morale, ella fece per nobiltade il «gran rifiuto».

Vediamo ancora, cosa stupefacente! due generazioni di Montmorency prese d'amore per lei! Tanto che Adrien de Montmorency diceva che della loro famiglia: «Ils n'en mouraient pas tous, mais tous étaient frappés!» Di questa nobile famiglia, Matteo, il rivoluzionarioaristocratico, dalla grande anima di cristiano, insieme col filosofo Ballanche e con Chateaubriand, composero la perfetta triade che può veramente dirsi l'essenza delle affezioni di Giulia Récamier.

E nemmeno l'ombra della gelosia offuscò mai le relazioni di cordiale amicizia tra quel drappello di eletti; ella era tra loro un legame saldo ed affettuoso, non già una cagione di dissidii: tutte le corrispondenze del tempo lo provano, e provano anche, documento ancora più straordinario! che le mogli di coloro i quali non vissero che di lei e per lei, l'amarono e la rispettarono senza riserve, inchini davanti alla sua perfetta virtù. Anche con alcune donne fu legata coi vincoli di un tenero affetto, e non è giunto fino a noi ch'ella suscitasse tra le sue simili (c'è quasi da strabiliare....) il poco nobile ma purtroppo assai frequente sentimento dell'invidia!

La duchessa di Devonshire, una delle sue migliori amiche, diceva di lei: «D'abord elle est bonne, ensuite elle est spirituelle, après cela elle est très belle!»

Madama Swetchine, la illustre scrittrice russa, che da prima ebbe qualche prevenzione contro di lei, finì per adorarla; e le scriveva: «Ce charme pénétrant, indéfinissable qui vous assujettit même ceux dont vous ne vous souciez pas!»

La sua celebre amicizia con madame de Stäel giunge, in Giulia Récamier, fino all'eroismo, poichè ella sfida la collera di Bonaparte mostrando «a viso aperto» la sua devota affezione per la grande esiliata, partendo in mesto pellegrinaggio per andare a consolarla nella lontana terra del suo esilio.

E come imperiale castigo, s'ebbe, ella medesima, l'esilio, pel quale errò, tre lunghi anni, fuori della patria, con pochi mezzi di fortuna, lontana da coloro che amava di più.

Ah l'ultimo gran capitano che splende su le pagine della storia non aveva l'animo cavalleresco davvero!

Eppure la bellissima esiliata non glie ne serbò rancore: e di questo abbiamo innumerevoli prove. Con due consanguinee del Côrso ella fu unita di profondo affetto, affetto che dimostrò loro nella buona e nella cattiva fortuna: con Carolina regina di Napoli; e con la bionda, malinconica Ortensia, che esalava la sua invincibile tristezza, in dolci e belle pagine musicali....

Quantunque di idee legittimiste, Giulia Récamier era così buona francese da non poter vedere senza orgoglio la gloria di Bonaparte, e da non sentirsi commossa alla sua rovina. Trovandosi ella un giorno, dopo Waterloo, in una casa amica, in compagnia di Lord Wellington, e avendolo udito dire con arroganza: «Je l'ai bien battu!» gli chiuse in faccia, per sempre, le porte della sua casa!

La sventura aveva per Giulia Récamier la stessa potenza di attrazione che per le anime volgari ha lo splendore della fortuna: impassibile in faccia alle adulazioni ed agli onori, ella accorse sempre dove fossero lagrime da tergere, dolori da mitigare.

Ballanche diceva ch'ella era nata una Antigone e che si era tentato invano di farne una Armida, ed aggiungeva: «nul ne peut mentir à sa propre nature». Un altro che molto l'amò, Benjamin Constant, le scriveva un giorno: «... planer, comme vous le faites encore, entre le Ciel et la terre. Je crois que le Ciel l'emportera, et n'ayant malheureusement rien à gagner à ce que vous soyez mondaine, je suis pour le Ciel!» E la Harpe le scriveva: «Je vous aime comme on aime un ange, et j'espère qu'il n'y à pas de danger!»

L'amore ch'essa accendeva, nobilitandosi e trasformandosi nel sentimento durevole dell'amicizia, il quale veramente, soltanto tra due esseri di sesso diverso, quando essi abbiano raggiunto lo stato di Grazia, può divenire perfetto, assumeva in ogni uomo espressione e carattere diversi, secondo le diverse nature di ciascuno. In Mathieu de Montmorency divenne misticismo. Egli ebbe l'amicizia mistica, e si sentì come investito dal sacro officio di dirigere e volgere sempre più in alto lo spirito della bellissima donna, assetato come egli era di morale perfezione. Sceglieva per lei i libri di lettura, le faceva sermoni di alta morale, giungeva persino a biasimare in lei la innocente coquetterie che era pure tanta parte del suo incanto. Poichè ella non ebbe l'onestà austera, ma quella dolce e lieta, che non si compone in attitudine eroica, quasi ad aspettare l'applauso della folla: e se qualche volta fu sinceramente commossa per avere cagionato, inconsapevolmente, qualche profondo dolore, le piacque però sempre, e non lo nascose ipocritamente, di essere ammirata.

In Ballanche, il filosofo dal gran cuore e dal volto deformato, l'amore deluso divenne sottomissione di cane fedele. Tutto chiuso come un'urna nel suo affetto che non finì che con la morte, egli la seguì sempre dappertutto come un'ombra discreta, rassegnato e paziente, ma tutto bruciante come un rogo di interno amore. E come teneramente ella lo amò! Fu il penultimo della eletta schiera a precederla nella morte: e quando egli cadde gravemente ammalato, ella volle andare ad assisterlo, come una buona sorella, benchè i medici la scongiurassero di non uscire di casa, avendo ella da poco sofferta una grave operazione agli occhi. Ma non li ascoltò aveva un dovere di amicizia da compiere.... che cosa per lei poteva valere di più? Uscì dunque, ed assistè fino all'ultimo respiro il fedele amico della sua giovinezza.... ma i suoi occhi non videro mai più la luce pel tempo che ancora visse! Così si può dire senza iperbole ch'ella amava i suoi amici più della luce degli occhi suoi!

Ma nella inquieta, profonda anima del grande Chateaubriand, l'amore forse non riuscì a trasformarsi mai. Egli l'amò già maturo, e anche essendo assai vecchio ma con l'anima sempre giovane, piena di misteriosi fantasmi, egli, io credo, amò sempre d'amore colei che fu il più dolce sorriso della sua vita. Le sue lettere calde, sincere, eloquenti, non sono mai le lettere di un amico. Eccone alcuni brani, presi qua e là, a distanza di mesi, di anni, nelle assenze di lui, quando egli aveva offici diplomatici, o in quella di lei, quando per fuggirlo, ella andò a Roma, e vi rimase lunghi mesi chiedendo sollievo alle bellezze della città eterna, delle lotte combattute contro di lui.... ed anche un poco, io penso, contro sè medesima. Ah come facilmente si combattono i nemici che abbiamo di fuori.... in paragone di quelli che si nascondono dentro di noi!

In quel suo viaggio a Roma ella conobbe Antonio Canova, il quale fu preso da una grande ammirazione per lei, ammirazione appassionata ch'egli cercò di acquietare fissandone nel marmo le belle fattezze. Un aneddoto, da buona fonte, ci racconta ch'ella non si trovò somigliante all'opera del grande artefice, il quale allora incoronò di lauro la bella testa marmorea, e ne fece una Beatrice.

Ma ecco i brani di Chateaubriand: «Je ne vis que quand je crois que je ne vous quitterai de ma vie!» — «Vous seule remplissez ma vie, et quand j'entre dans votre petite chambre j'oublie tout ce qui m'a fait souffrir!» oppure: «Avec quelle joie j'ai revu la petite écriture! Tous les courriers qui arrivaient sans un seul mot de vous me crevaient le cœur! Suisje assez fou de vous aimer ainsi! Et pourquoi abusezvous de votre puissance?» E ancora: «Il y a trois mois que je vous ai quittée (era a Londra, ambasciatore) et ces trois mois m'ont vieilli de trois siècles! Ah que ne suisje pour toujours dans la petite cellule!» Poi da un viaggio nel mezzogiorno: «Il faut vous revenir. Femmes, hommes, ciel, palmiers, tout ce que j'ai vu ne vaut pas un moment passé dans votre douce présence. Il n'y a de repos pour moi que là!» Una lettera del Poeta mi prova, in aiuto al documento della fuga di madame Récamier per Roma (quando il nemico è solo fuori di noi non è necessario prendere così grandi precauzioni!) che la virtuosa donna aveva per l'autore di Renato un sentimento meno tranquillo della semplice amicizia. Sfuma dunque la leggenda ch'ella fosse inaccessibile all'amore: no, ella fu solo inaccessibile alla colpa! «Allons! J'aime mieux savoir votre folie que de lire des billets mystérieux et fâchés!... Et si j'étais coupable, croyezvous que de telles fantaisies vous fissent la moindre injure et vous ôtassent rien de ce que je vous ai à jamais donné?» Non è vero che questa lettera ci pone quasi sotto gli occhi una lettera di gelosia di lei? E può la sola amicizia essere gelosa? Certo, ella ebbe l'amicizia ardente. Questa donna che non fu moglie, non fu madre, nè fu amante (nel significato meno nobile della parola) ebbe tutta la sua vita come corsa da un rivo di tenerezza della quale irrorò ogni anima ch'ella giudicasse meritevole e degna.

E colei che fu così vigile custode del suo essere corporeo, quanta ideale copia di sè non fece altrui! Forse, per concedere qualche cosa al positivismo delle indagini, si può ammettere che la purissima fosse un poco aiutata nel traversare, come vestita di amianto, tanto fuoco di passioni, dal tranquillo equilibrio del suo temperamento. Ma per quante vie non si studiava l'insidia di giungere fino a lei! Principi del sangue e principi dell'intelletto le furono schiavi, ed ella regnò sovra di loro, intangibile signora, consolandoli unicamente col duplice incanto di una divina bellezza visibile, e di una interiore, ancora più meravigliosa.

***

Perchè madame Récamier fu così pura?

Io metto pegno che a qualcuno potrà questo parere un curioso problema psicologico. Ebbene, io penso che ella fu pura, così come fu bella, perchè Iddio le aveva dato anche un secondo magnifico dono: la rettitudine. Ci sono anime per le quali operare contro la legge che hanno riconosciuta ed accettata per l'unica giusta, è una assoluta impossibilità, Esse vedono, forse, obbiettivamente, che altrove è la gioia, esse comprendono forse che una morale come questa: dare a noi stessi la maggior somma di gioia possibile, senza nuocere altrui, potrebbe essere seguita restando entro i limiti di un nobile ideale di vita.... vedono ciò, eppure passano accanto alla gioia senza toccarla, e si trincerano nei grigi e freddi baluardi del dovere. Ognuno segue il proprio destino.

Ma il vero miracolo che Giulia Récamier seppe operare, il problema psicologico veramente arguto, è, per me, la docile sottomissione di coloro che l'amarono, alla sua savia legge. Grande fortuna fu invero la sua di incontrarsi con tante nobili anime! Perchè l'uomo che ama diventa quasi sempre, purtroppo!, un maligno animale, nel quale parla da padrone soltanto il più feroce egoismo. Assai facilmente dal suo amore ferito e insoddisfatto nasce l'odio, o se non questo, un amaro risentimento che non lo abbandona mai più. In quello stato d'animo, difficilmente egli sa diventare obbiettivo, nè sa comprendere nella sua offesa secolare vanità, che la donna, negandosi, si ammanta di una sublime poesia di forza e di dolore. Ah purtroppo, assai volte, in certe inimicizie di uomini contro donne, bisogna indovinare segrete storie di audaci richieste e di tenaci ripulse, di fallite scorrerie di predoni, di offerte e disdegnate amicizie fraternamente pure! Ebbene, Giulia Récamier, la donna più amata che si conosca, non ebbe a conoscere un così grande dolore: quello di veder germogliare dall'amore respinto la velenosa pianta dell'odio! Ella ebbe un solo nemico: Napoleone Bonaparte. Ma mi piace credere, quantunque qualcuno lo abbia pensato, che l'implacabilità del despota non avesse così ignobile causa. Egli dava la legge: e chi vi mancava era inesorabilmente punito dalla sua mano piena di tanto destino!

Di tutti gli altri che l'amarono tutti le restarono fedeli e devoti fino alla morte. Quale fu dunque il suo segreto? Certo la sua grande dolcezza nel sanare le ferite che involontariamente apriva (nulla è tanto terribilmente forte quanto la dolcezza!) e la sicura fede di ognuno ch'ella fosse veramente pura e trasparente come il ghiaccio, ch'ella fosse veramente come la shakespeariana vergine «limpida e sonora», debbono essere state efficaci ausilii alle sue vittorie sul cuore altrui.

Fu ella donna d'intelletto? Io lo credo, chè me ne affida il suo continuo volgersi in alto per collocare le sue affezioni, e il gradimento che provarono del commercio spirituale con lei, anche nella sua vecchiaia, uomini di grande intelligenza. Anche la sua modestia è una prova del sano equilibrio della sua mente.

Ella dubitò sempre di sè medesima: e la sicurezza su noi stessi, quando non sia del genio, è degli sciocchi. Consigliata a scrivere le sue memorie si oppose tenacemente a quel desiderio de' suoi amici, e volle distrutte alla sua morte, le pagine che aveva scritte esclusivamente per sè. Eppure da qualche brano pubblicato poi, e dalle poche sue lettere che ci rimangono, ella ci appare scrittrice elegante e disinvolta, piena di una svariata conoscenza di uomini e di cose. Musicista squisita, ella trasse dalla musica una delle maniere di consolazione più efficaci nelle ore meno liete. Soleva suonare di memoria, per lunghe ore, guidata dai ricordi e dalla fantasia, sola, nella propria stanza, ed amava essere sorpresa così dal crepuscolo... continuando a suonare, nell'ombra a poco a poco più densa...

Il salotto di Giulia Récamier ebbe il massimo grado della sua celebrità sotto la «Restaurazione», quando non più la bellezza di lei, o almeno la gioventù (se è vero ch'ella fu bellissima fino alla morte) era quella che le attirava dintorno i satelliti: Tocqueville, Ozanam, SainteBeuve, Benjamin Constant, (senza contare coloro che già conosciamo), principi francesi e stranieri, dame illustri per nobiltà di sangue o d'intelletto, affollavano il suo eremitaggio, l'AbbayeAuBois; un'abitazione così modesta che somigliava la cella di una monaca. E fu il suo un salotto ideale principalmente perchè l'affettazione ne fu esclusa, e perchè l'amicizia fu il solo cemento che tenesse unite le persone che lo composero. Il decadimento dei così detti «salotti» deriva in parte, io credo, dalla poca unità degli spiriti, dalla mancanza di quel sentimento di fraternità intellettuale che aggrega profondamente gli uomini tra di loro. Il «salotto» non deve essere soltanto una riunione di persone che si radunino per soddisfare reciproche vanità, compiendo offici semplicemente decorativi, rispondendo ad inviti fatti nel nome di qualche forma, più o meno volgare, di «snobismo»: ma deve essere una specie di ente morale, deve avere la sua ragione di essere nell'affiatamento e nella omogeneità tra le persone che vi convengono: deve avere una sua propria atmosfera vitale, fatta di un'alta comunione di idee, e di una nobile gara di virtù; deve aspirare ad essere, non solo pei singoli individui, ma collettivamente, qualche cosa. Il presiedere a così fatto ambiente, con simili intendimenti, esige una sottile, delicata abilità; e di questa abilità fu maestra inarrivabile Giulia Récamier. Le pareti della sua casa, la sua dolce presenza erano diventate necessarie ai suoi amici: presso di lei ognuno di questi eletti trovava come un ideal focolare domestico: era quella la casa di tutti loro, nel significato più nobile della parola, o meglio era un tempio dedicato all'amicizia, in cui la vestale, custode del sacro fuoco, era la donna dalle divine labbra che non furono mai baciate da un bacio d'amore!

***

Ho detto che Giulia Récamier ebbe l'amicizia ardente e che non rimase sempre, come altri crede, insensibile a quel sentimento che «a cor gentil ratto s'apprende» (come spiegherebbero certi scettici l'onestà, se non con l'insensibilità?). Ma debbo ammettere ch'ella non conobbe della vita le grandi tempeste. La sua anima non fu, al pari di tante altre, come agitata dalle convulsioni dell'Oceano, ma somigliò piuttosto un placido corso d'acqua or sì or no commosso da venti contrari, ma non mai troppo impetuosi. Ella visse il sogno che dovrebbe essere quello di ogni eletta anima femminile; d'essere cioè l'«amica dell'uomo».

Di fatti, perchè deve sempre essere la donna per l'uomo, unicamente la conquista o la preda? Si direbbe che questa donna soave ebbe l'intuito di un fatto futuro: della utilità di stabilire tra i due sessi, relazioni ideali, pure amicizie, integrazioni dolci e benefiche ad ognuno.

La vera amicizia, io credo (nè mi sgomenta se ciò possa apparire a prima vista un paradosso) non può sussistere se non tra persone di sesso diverso, tra le quali non possa mai sorgere nessuna forma di rivalità: amicizia alimentata da tutte le diversità che determinano appunto la vera, la fatale attrazione tra gli spiriti, all'infuori di ogni pensiero impuro. Ma per inspirare e nutrire sentimenti di questa sorta la donna deve essere perfetta moralmente, così che l'uomo possa sentirla al di sopra della realtà. Ecco perchè in un momento in cui i costumi erano tutt'altro che onesti, mentre daccanto al trono dell'Eroe uno stuolo di femmine bellissime si maculava di volgari colpe, la modesta borghese di Lione, dalla bianca fronte di Vergine, vedeva i più grandi uomini del suo tempo piegare le ginocchia davanti a sè con la devota adorazione che solo la perfetta rettitudine sa inspirare. E tutto il suo incanto fu veramente in lei: che ella non ebbe, come richiamo, le lusinghe di un'alta condizione sociale, nè potè concedersi il lusso di accordare protezione altrui. Eppure il suo salotto fu popolato di un gruppo di uomini che avrebbe fatto invidia a qualcuna delle superbe e magnifiche principesse del nostro Rinascimento!

Ma gli è che Giulia Récamier dava altrui, anzi era prodiga di una cosa ch'è la più dolce e la più rara al mondo: un nobile e puro cuore di donna. E quel suo cuore, sereno come la sua bellezza, comunica a noi, solo nel lontano ricordo, un senso di bene ineffabile, ci suggerisce come l'idea di un dolce riposo: sì che noi siamo riconoscenti a quella bella fronte di non essersi contratta mai in una piega di

22

dolore o di sdegno, noi siamo lieti che la superficie piana di quella tenera anima non sia stata commossa mai da correnti maligne e turbatrici.

Ella sorride, da lungi, a noi nel ricordo, tutta fatta di cose serene: ella è colei che bene ama, che sorride e che consola! Non è vero, oh no! che la poesia della donna, come altri ha detto, stia nel suo essere vinta: oh, «guai ai vinti»: non dimentichiamo l'antico grido del duce barbaro, pieno di così grande sapienza! Un simulacro tolto da un altare, se tramonti la fede che ve lo aveva elevato diventa un miserabile giocattolo, solo degno di riso o di pietà: così della donna, s'ella non sappia cingersi di tenace virtù, s'ella non sappia inspirare altrui la fede nella propria immutabile bellezza interiore.

Resti dunque ella sempre, coraggiosamente, un poco al di sopra della vita; resti, se è necessario, anche al di fuori della gioia, ma non abbandoni mai, forte che sia la voce che la chiami in basso, il suo plinto elevato. Solo a questo patto ella potrà essere durevolmente adorata, solo a questo patto ella potrà aspirare alla felicità!

LAURA.

Quando io penso che gli eruditi hanno potuto discutere su l'esistenza reale di Laura, io mi domando sul serio se gli eruditi abbiano mai letto il Canzoniere di Francesco Petrarca. È vero che ad evocare Laura è assai più utile un poco di psicologia che molta erudizione: ed è anche vero che la psicologia è una scienza che ha più d'ogni altra assoluto bisogno di quell'aurea manzoniana cosa che si nasconde, qualche volta, per paura del senso comune! Ma poichè io suppongo ogni erudito dotato di larga dose di buon senso, come è possibile, mi chiedo, leggere il Canzoniere e non vederne subito balzar fuori Laura, viva e vera, nella sua complessa e adorabile femminilità di creatura reale? Non si sente dunque subito che questa donna è troppo umana, troppo plasmata di erompente verità, per essere una pura e semplice figurazione d'arte? Essa è tutto il mondo poetico di Petrarca appunto perchè è tutta la sua vita, perchè riempie tutta quanta l'anima sua: e se il lungo soliloquio amoroso di questo Grande, se il canto monocorde del suo plettro divino non ci tedia mai, gli è che noi sentiamo la sincerità d'accento che fa vibrare il cuore ed il cervello, gli è che noi ci avvediamo di assistere al vero dramma psichico di quella grande anima in lotta più con se medesima che con la donna amata.

Nessuna storia amorosa io conosco che sia più gentile o più profonda di questa.

Un lungo amore, una ventenne sete occupa il cuore di Francesco Petrarca senza ch'egli possa cogliere mai «ramo nè foglia», non solo, ma senza ch'egli sappia mai, veramente, se la donna amata lo riami. Eterne alternative di speranze e di timori si succedono in lui, che ora si abbandona alla dolcezza immensa di amare senz'altro chiedere, ora si ribella all'indegna servitù che lo opprime, e fieramente la guerreggia, fuggendo l'oggetto del suo triste amore, e i luoghi che glie lo rammentano: ma egli si accorge solo assai tardi che porta il suo male chiuso nel suo proprio petto, e che questo male non l'abbandona, per mutar di luogo, ma diviene con lui errante, come la sua stessa ombra!

Anche se accanto al Canzoniere noi non avessimo, per chi asseta del «documento», le altre opere del Petrarca che fanno fede come la sua poesia nascesse da una realtà, come non riconoscere in questo dolcissimo tra tutti i libri, la calda sincerità della emozione?

E non dimentichiamo, o Iddio ci perdoni, poichè siamo faccia a faccia col maggiore lirico nostro, che la lirica, quando sia di quella buona, deve zampillare direttamente su dal cuore, deve essere soggettiva, e deve portare le traccie di qualche lagrima, o anche di un poco di vivo sangue: di queste cose appunto è fatta la poesia!

Ed ecco che, tutta rorida ancora del pianto del divino trovatore, noi vediamo rivivere nelle eterne pagine del Canzoniere, la gentile creatura che a lui unicamente parve donna.

E tale ella appare anche al nostro sguardo: non angelo, non dea, a noi sembra, la dolce pimplèa, che il Poeta ha battezzata di tutti i più sovrani nomi: ma donna, deliziosamente, squisitamente donna.

Un'«astrazione» Laura?

Ah ma non diciamolo nemmeno per celia! Guardatela un poco, dopo morta, in Paradiso, «tra color che il terzo cerchio serra»: non vedete che il Poeta non è riuscito, nemmeno allora, a spiritualizzarla, completamente, e ch'ella gli è rimasta sempre viva e donna tra le mani? C'era troppa realtà, in Laura per farne un puro simbolo, dato anche che il Poeta ne avesse avuta l'intenzione!

Ma furono dunque le donne oneste, in tutti i tempi, così rare che quando se ne incontrano si debba chiamarle con nomi tanto superbi, e ritenerle creature non della terra ma del cielo? Non voglio crederlo: e vado incontro, lungo la via di fiori del Canzoniere, tra la musica ineffabilmente dolce della più grande delle sinfonie d'amore, a questa donna di Grazia e di Sorriso che io vedo muoversi, atteggiarsi, palpitare di vera vita in una successione di scene vive e fresche di eterna giovinezza, messe in rilievo da un sole che non conosce sera; il sole del genio di Francesco Petrarca.

Dal dì sesto d'aprile dell'anno 1327 in cui il giovane Poeta la vede per la prima volta nella chiesa di Santa Chiara in Avignone, fino all'altro dì sesto d'aprile dell'anno 1348 in cui l'innamorato errante impara la di lei morte, in una delle tappe del suo viaggio in Italia, a noi sembra vedere, specchiata nelle musiche del libro dei libri, limpida e pura, la breve vita di colei che se viva fu un perpetuo enigma tormentoso per l'anima del suo infelice amante, morta divenne per lui, oh miracolo! trasparente come la pura acqua della Sorga!

Ricordate il Trionfo della Morte? E non vi pare il più sottile studio di psicologia amorosa che si conosca?

Ma guardiamo prima un poco da viva, Laura de Noves, baronessa de Sade, la bionda, la bella, la biancorosata signora, a traverso il divino specchio del Canzoniere: un monumento patrio glorioso che dobbiamo a lei.

***

Noi siamo usi a guardare Laura come un essere passivo, come una figura di bellezza e di luce che si lascia adorare dal Poeta, e ne è la ispirazione inconsapevole, la stella immobile e lontana: ed io voglio ora studiare più da vicino, e farlo gustare a chi non lo avesse fatto ancora, il leggiadro autonomo atteggiarsi di lei di cui dobbiamo lodare assai più che la bellezza, la salda virtù: perchè a questa appunto noi dobbiamo il Canzoniere. Più docile, il Poeta ne avrebbe avuto forse maggiore gioia; ma l'avrebbe meno profondamente amata, ed è da porre in dubbio s'egli l'avesse così lungamente cantata. Laura fu donna virtuosa: ma il suo cuore gentile e delicatamente femmineo non restò insensibile alle pene del suo illustre amatore: e con grazia tutta donnesca, ora si compiacque della fiamma suscitata in quel gran cuore, ora, paurosa che la fiamma avvampasse troppo, cercò gettare un poco d'acqua benefica su l'incendio.

Laura de Sade era una delle più belle, forse la più bella donna di Avignone, quando Messer Francesco la conobbe, in non si sa quale elegante ritrovo. La piccola città che siede su le rive del Rodano aveva allora dallo scisma, l'onore di accogliere tra i suoi bastioni il Papa e la magnifica corte pontificia: e contava tra i suoi abitanti illustri fuorusciti italiani.

Il lusso che fiorisce nelle corti, l'ozio, il caldo sole di Provenza, avevano, in quel periodo, adombrato la medioevale purità dei costumi: così che le descrizioni dell'Avignone di quel periodo, ci dànno imagine di una qualsiasi corte italiana del Rinascimento, anzichè della città eletta a sede terrena del Regno dello Spirito, da' Pontefici dello scisma.

Ivi, tra l'accolta di giovani signori, maestri di ogni squisita arte di galanteria, Petrarca menava il vanto sì per l'alto intelletto, che per la bellezza della giovanile persona, cui il precoce biancheggiare della fulva ondulata chioma, doveva conferire singolare incanto. Egli soleva ornare la sua persona con ogni maniera di squisite eleganze: e la sua anima complicata, sentimentale, un poco malata di quel misterioso male che noi crediamo tutto moderno e che fu invece di tutti i tempi: la fatale doglia umana; e il suo caldo temperamento in lotta perpetua col suo mistico spirito, dovevano fare di lui un uomo atto, o nessun altro al mondo, a conquidere il cuore delle donne.

Nè il cuore della savia moglie di Ugo de Sade rimase chiuso all'incanto! Ma ella era la moglie cristiana di un altr'uomo, era madre di dolci figliuoletti, aveva data la sua fede: era donna equilibrata e sana, e il cielo del Medio Evo era pieno di minacce e di vendette! Ce n'era abbastanza, mi pare, perchè una donna onesta restasse tale, anche se la tentazione fosse forte!

Svolgendo le pagine del Canzoniere, noi vediamo Laura benigna, talvolta, col giovane italiano, ch'essa incontra al tempio, in qualche eletta adunanza, o per la via: e che passerà, chi sa quante volte, innanzi alla casa baronale, dove sovente sull'alto sedile di pietra che corre lungo la facciata, la bionda gentildonna, secondo l'uso del tempo, passa le ore in lieto ed amichevole conversare. Qualche altra volta, noi vediamo, che accortasi ella dell'amore del poeta per lei, e da questo un poco turbata, gli contende la vista della sua bellezza coprendosi di un denso velo: e perfino, al subito incontrarlo per via, frapponendo la sua mano bella e bianca, tra i propri occhi e quelli avidi di lui. Ah, gli occhi di Laura! I più glorificati occhi di donna mortale, nei secoli! Divini occhi neri di donna bionda, dal languido sguardo che talora ne scopre tutto il bianco, così da far abbrividire chi la guarda: e lascia il dubbio se ciò avvenga per donnesca, sapiente civetteria, o per mal frenato raggiare di interno fuocò. Curiosissimo questo suo non permettere che Petrarca la guardi negli occhi! Vuole ella difendere sè dal contagio d'amore, o vuole, conscia di sua trionfale bellezza, salvaguardare lui?

Ma il velo non poteva celare a lui, pur nascondendo gli occhi, nidi d'amore, il vario tesoro di così squisita persona! Quella bella persona che mi piace evocare, sotto il vivo sole di Provenza, serrata nella purpurea veste, col velo trapunto di rose un poco cadente giù dagli omeri delicati, col bel piccolo piede cui il Rodano era messaggero di baci, col natural diadema della chioma che pareva accendere l'aria del suo splendore! Bella così, e tanto severa col povero poeta, che qualche volta tratta assai aspramente, ammantandosi di tutta la sua rigida virtù! Ma ecco che un giorno, all'improvviso vederlo, mutato in viso per il lungo soffrire, ella impallidisce e trema, e comincia con innocenti eppure soavi cortesie a sanare le ferite aperte dalla sua mano. La pietà si fa strada nel suo cuore.... La fatale pietà che la donna sente quasi sempre per colui che l'ama, e che è così spesso cagione della propria rovina!

Ma Laura, saviamente, sa disciplinare anche la sua pietà: e solo di quando in quando largisce al giovane innamorato qualche grazia sovrana.

A me pare non dubbio, o m'inganno, che desiderando Petrarca un suo ritratto, ella si lasciasse docilmente ritrarre da Simon Memmi, perchè almeno in effigie il suo poeta potesse possederla e dissetarsi alla cara veduta! E il saluto di Laura? Ah com'ella doveva conoscere il modo di gettar l'anima in un sorriso, a giudicarne dalla commozione con la quale egli ci racconta come ella sapesse placare i suoi fieri sdegni, aprirgli il paradiso con un semplice saluto!

Ma i veri innamorati sono chiaroveggenti, e sanno che, in amore, due sguardi che s'incontrano carichi di non dette cose, sono forse il vertice della felicità!

Un altro giorno, quando egli, deciso a fuggirla, a sottrarsi alla servitù crudele, le annunzia la sua partenza, ella, come sbigottita, china gli occhi a terra, senza parlare. Questo gesto è d'una dolcissima malinconia. Non forse lascia ella vedere, così, il suo nudo cuore, a colui che andrà lontano? Eppure di quel cuore egli continuerà a dubitare!

Un'altra volta egli la vede piangere: perchè? I quattro deliziosi sonetti del pianto non ce ne dicono la causa: ma forse che non s'indovina? Ella ebbe quel giorno più degli altri, pietà di sè e di lui, e le lagrime, sciogliendo il nodo che le opprimeva il seno, caddero da' suoi bei cigli.

Ma anche dopo questo Petrarca dubiterà di lei! Possibile che in tutti i tempi l'uomo abbia sempre creduto che una sola debba essere la prova d'affetto che una donna possa dargli?

Laura canta come una sirena: ma anche nel suo cantare ella dà indizio di avere l'animo turbato; poichè prima di sciogliere la voce, sospira, esita, china gli occhi a terra, quasi soverchiata da una forza interiore che deve restare occulta: poi si rinfranca, e dal candido seno si sprigiona la chiara voce che allaga di dolcezza il poeta.

Eppure la maestà di Laura è tanta, tanto è il rispetto che la sua bellezza e la sua virtù incutono in lui, ch'egli è in pieno fuoco d'amore, e non ardisce, con aperte parole, manifestarglielo!

E del mancato ardimento invano tenta consolarsi cantando:

«Chi può dir come egli arde è in picciol foco.»

Nei tre sonetti del guanto abbiamo un quadretto graziosissimo che ci mostra Laura in un momento di amabile birichineria, seguita immediatamente da pentimento. Ella si lascia rapire un guanto (i furti di questo genere avvengono sempre con la complicità di chi è derubato: no?) poi se ne pente e lo rivuole. Petrarca se ne dispera, ma cavallerescamente lo rende, restando privo del suo dolce tesoro. E poichè si rammarica di non avere avute ali ai piedi e di non avere meglio difesa la sua nobile preda

«Contra lo sforzo sol d'un'angioletta»

non pare che debba essere stata tra i due una specie di lieta pugna, in cui il cavaliere innamorato ha dovuto cedere non già alla forza, ma alla grazia delle piccole mani di Madonna?

Io ci vedo una cara scena di squisita gentilezza!

La canzone che comincia «S'io il dissi mai» ci racconta come Madonna Laura, per virtuosa, per savia che fosse, era nondimeno gelosa del suo giovane amatore: giacchè egli si difende con eloquenza da par suo dall'accusa di aver detto ch'egli amasse un'altra donna. Ah no, questo Madonna non glie lo permette! Del digiuno cui ella lo condanna, si compensi pure, se così fragile e misero è l'uomo, con basse soddisfazioni estranee all'anima (tant'è vero ch'egli ebbe figliuoli illegittimi di madre o madri sconosciute) ma ch'egli ami un'altra donna di quell'amore che Laura ben conosce e che è tutto suo per diritto quasi divino, no, questo ella non può tollerarlo!

Gelosa, Laura è un amore.

Senza diritti, eppure esigente, fiera, tirannica, forte dell'ideal signoria ch'ella sente di avere sopra di lui e che comprende di meritare sì per la sua bellezza sovrana che per la sua sublime virtù.

Imaginiamo che cuore sarà stato il suo il giorno in cui il misterioso principe straniero, nella eletta radunanza di nobildonne, scelse lei come di tutte la più bella, e per farle onore, la baciò su la fronte e sugli occhi!

Ella rimase impassibile al solenne bacio, accolto con baronale dignità: ma certo dovette pensare nel suo segreto, che un altro bacio le avrebbe fatto altrimenti piacere, datole da un principe dell'intelletto, che ella stessa aveva creato cavaliere dell'ideale e dell'amore!

Anche il gentile episodio delle due rose ci mostra Laura accettante, alla luce del sole, il titolo di amante dell'anima di Petrarca.

Un vecchio amico raccoglie un giorno due rose in un giardino: e dandole una a ciascuno dei due, dice loro graziosamente che il sole non vide mai simile paio di amanti. Nessuno dei due risponde alla «felice eloquenza» del vecchio. O veramente felice e significativo silenzio!

Un'altra volta guardandola egli fiso, e non volendolo ella, gli pose su gli occhi la bella mano che egli tanto amava e desiderava! Così che per quella volta egli non si dolse di avere perduta la vista del caro volto!

Altri gesti di Laura che ce la mostrano, a me par chiaramente, rispondente al sentimento del poeta, non sono forse quel suo dubitare dell'amore di lui con finzione strategica di civetteria donnesca? Allora quando viene da lui rassicurata nel dolce sonetto:

«Infinita bellezza e poca fede

non vedete voi 'l cor negli occhi miei?»

E il castigo d'acqua ch'ella gl'infligge quando bagnandosi alla chiara fonte, sotto l'ardente raggio del sole, si vede guardata da lui? Non è un castigo da donna che consenta, con l'anima almeno?

L'ardimento in lui in quel momento era tanto grave, che così lieve e solazzevole castigo dimostra un cuore assai disposto all'indulgenza!

Più d'una volta messer Francesco si lagna ch'ella non curi i suoi versi ed i suoi canti: ma allora egli è fatto cieco dall'eccessivo timore. È egli possibile che donna non curi la gloria dell'uomo che l'ama?

L'eterno dubbio che gli rodeva il cuore, lo rendeva perfino poco psicologo! Egli forse ignorò i sentimenti di Laura anche al tempo del massimo onore toccatogli nella sua vita che fu tutta un sorriso di gloria; l'incoronazione in Campidoglio.

Ma noi sentiamo ch'ella dovette gioirne, ed averne illuminato il buio che la lontananza di lui le aveva lasciato in cuore. Ma non avrà ella anche pensato, quando il suo poeta fu coronato di lauro, sul più sacro colle di Roma, che meglio del Senato Romano avrebbe ella saputo ricompensarlo dell'onda di musica divina di cui egli l'aveva circonfusa? Non forse avrebbe ella voluto, là su l'Arce Capitolina, cingergli il capo di un molle diadema fatto delle sue bianche braccia e delle sue treccie d'oro, e premiare la dolce bocca che aveva sospirato tant'alito di eterna poesia, col premio che solo sanno dare due labbra di donna innamorata?

E chi sa se per questo premio avrebbe messer Francesco fatto di meno del lauro Capitolino?

Il cuore dell'uomo è quell'abisso che tutti sappiamo!

Ad ogni modo i baci di Laura avrebbero privati i posteri del Canzoniere: giacchè quella divina primavera di canti è appunto il rammarico dei baci ch'egli non ebbe e che non le diede!

Sia dunque lodato e ringraziato da noi il sacrificio di Laura!

***

Laura morì giovine come coloro che sono cari al cielo; così ch'ella sembra saper regolare ed arrestare in tempo anche la ruota di sua vita. A lei viva e repugnante, salda, al peccato, aveva forse già detta il suo cantore l'ultima parola. Per lei, morta, si rigonfia magnificamente l'alta vena del Poeta, nutrita dall'improvviso dolore, e ne sgorga un nuovo fiume di meravigliosa poesia: la più divina elegia che mai donna abbia avuta a sua gloria. E allora soltanto, quetato il ventenne e vano anelito, che nè viaggi, nè amori del senso, nè lunga solitudine, nè assiduo macerarsi su antiche carte era valso mai ad appaciare, allora soltanto sembra avere la visione precisa del chiuso cuore di colei di cui tanto aveva amato il bel velo terreno.

Ho detto che il Trionfo della Morte è il sottile studio psicologico postumo di Laura nelle sue relazioni col Poeta: e sembrami di avere detto giusto.

Nel meraviglioso duetto del sogno, che comincia:

«La notte che seguì l'orribil caso»,

Laura gli racconta, sollecitata umilmente da lui, l'intimo perchè del suo contegno verso di lui: e non pare veramente superflua, dopo la profonda analisi di quella gentilissima anima, ogni altra indagine su l'ormai svelato mistero? Mi piace incastonare alcune di queste gemme nel cerchio delle mie parole:

«. . . . . mai diviso
Da te non fu 'l mio cor, nè giammai fia:
Ma temprai la tua fiamma col mio viso.

Perchè a salvar te e me, null'altra via
Era alla nostra giovenetta fama:
Nè per ferza è però madre men pia.
Quante volte diss'io meco: Questi ama
Anzi arde; or si convien ch'a ciò provveggia:
e mal può provveder chi teme o brama.

28

Quel di fuor miri, e quel dentro non veggia,
Questo fu quel che ti rivolse e strinse
Spesso, come caval fren che vaneggia.

Più di mille fiate ira dipinse
Il volto mio, ch'Amor ardeva il core:
Ma voglia, in me ragion, giammai non vinse.
. . . .
Allor provvidi d'onesto soccorso.
Talor ti vidi tali sproni al fianco
Ch'io dissi: Qui convien più duro morso.

Così caldo, vermiglio, freddo e bianco,
Or tristo or lieto in fin qui t'ho condutto
Salvo (ond'io mi rallegro) benchè stanco».

Non è qui tutta Laura?
Non ha egli veduta chiaramente, dopo la morte della dolce e casta donna, tutta la verità?
Tuttavia, se solo dopo egli ha veduto, quasi obbiettivamente il vero, anche prima deve avere avuta,
anche se imperfettamente, nella nebbia del dubbio che gli offuscava la mente, la visione della verità.
Giacchè, se egli parlava tanto della santità, della invitta onestà della sua donna, vuol dire che sentiva
di esserne amato. Perchè, così non essendo, quale santità e quale invitta onestà sarebbe stata
necessaria a respingere l'amore di chi ella non avesse amato?
Più innanzi, Petrarca fa dire alle rosate labbra così:

«Fur quasi eguali in noi fiamme amorose:
Almen poi ch'io m'avvidi del tuo foco:
Ma l'un l'appalesò, l'altro l'ascose.

Tu eri di mercè chiamar già roco
Quand'io tacea, perchè vergogna e tema
Facean molto desir parer sì poco.

Non è minor il duol perch'altri 'l prema:
Nè maggior per andarsi lamentando:
Per fizïon non cresce il ver nè scema».

Nobili, alte, sapienti parole: pennellata veramente sovrana del grande maestro!
Sì, Laura dovette amare messer Francesco: ed egli, benchè tardi, lo intuì.
E perchè non supporre che oltre all'assiduo tarlo del dubbio che rose l'anima sua, non abbia valso ad
accrescere sulle eterne carte almeno, il mistero del cuore di lei, il rispetto profondo che egli ebbe
sempre, per colei che «gli diè tanta guerra»? A me piace pensare anche questo.
Ma Laura dovette amarlo. Una donna resiste alla bellezza, alla giovinezza, alla gloria di un uomo: ma
non resiste alla fedeltà. Nessun'arma è più di questa atta a vulnerare il cuore di una donna. Giacobbe

che servì sette anni ed altri sette per ottenere Rachele si acquistò il maggiore di tutti i meriti agli occhi di colei che amava e non c'è di noi chi non giudichi dolce la sorte della figlia del possessore di greggi, Labano! Essere lungamente, pazientemente amata, con fido cuore che non si stanca: c'è cosa al mondo che ad una donna piaccia di più?

Così Laura che tanto leggiadramente e delicatamente era donna, dovette, per la sua lunga spirituale fedeltà, riamare il poeta, di cui ella fu unica, tutto il mondo interiore. Eppure, con fermo cuore, seppe mantenersi pura. Magnifico sacrificio cui la severità dell'Evo al quale ella appartenne, e la nobiltà d'animo del suo infelice amatore, furono certo valido aiuto, senza diminuirne l'essenziale bellezza.

Ho accennato alla nobiltà d'animo di lui, e voglio darne la ragione.

Egli amò Laura d'un amore che dirò completo, in cui anima e senso si riunivano in saldo e necessario vincolo: ma nella gemella, inseparabile forza, prevaleva la parte elevata, sì che l'amore in lui giungeva fino ad uccidere l'amor proprio, ch'è schietta manifestazione di egoismo.

Non cantò egli ognora, al sole ed alla luna, la sua sconfitta?

Cercò egli mai a questa attenuazioni o pietosi veli? Non mai. E a me pare che simili atti di sincerità siano sicuro indizio di nobiltà d'animo e di perfetto amore. Nelle relazioni d'amore, bisogna ricordarselo, l'amor proprio, o meglio la vanità, parla e si sdegna solo quando il vero amore, ch'è la voce dell'anima, tace. Petrarca desiderava Laura con «ingordo volere»:

«Con lei foss'io da che si parte il Sole
E non ci vedess'altro che le stelle,
Sol una notte: e mai non fosse l'alba!»

Come spiegano questo divino grido coloro che vogliono vedere in quello del Petrarca un mostruoso amore cerebrale? Ma nel tempo stesso egli le voleva bene: e per questo bene perdonava a lei le ripulse, gli sdegni, il fiero orgoglio, l'apparente gelo, tutto quello che lo faceva così crudelmente soffrire. Ma poichè ciò che lo faceva soffrire era l'onestà di Laura, egli aveva il nobile coraggio non solo di perdonargliela, ma di amarla, per questa ancora di più! Oh Laura, tra tutte le donne la meglio amata!

È dunque possibile, mi ridomando, non sentire nel Canzoniere la presenza reale di costei? È possibile non sentire l'unità del motivo, il ritmo unico che è norma di tutta la divina sinfonia amorosa? I pochi amori (se si possono chiamare così) estravaganti del Petrarca, cui egli abbia fatto l'onore di fissare col suggello dell'arte, si collegano tutti, piccoli episodî, al tema principale. Non è così ad esempio, quando, dopo morta Laura, egli ci dice che sarebbe forse ricaduto nel laccio d'amore, se l'antica tempesta non lo avesse ammaestrato? E Laura non appare qui necessaria, come la sua salvatrice? A mio avviso il Canzoniere è una collana di perle, è una orchestra di musiche di cui ognuna ha, come genesi, un documento umano. Sono impressioni così immediate, sono accenti così sentiti (a malgrado di qualche leccatura, di qualche cincischio, da cui procedè sventuratamente il petrarchismo) che il dubitare se tutto ciò sia pura immaginazione mi sembra, senz'altro, puerile.

Ma non è forse il cuore stesso la genesi di ogni grande lirica? Non è laggiù nel profondo cuore dell'uomo la radice della sua arte?

La tela d'oro dell'arte è tessuta, sì, dalla mano dell'artefice, guidata dal cervello: ma la trama deve formarsi nel mistero dell'anima, ma il filo deve aver origine dall'arruffata matassa della vita.

Come pronunciare dunque la bestemmia artistica e psicologica che l'amore di Petrarca sia soltanto una elaborazione del solito amore trovadorico e convenzionale che da un centennio fioriva sotto il sole di Provenza e d'Italia? È possibile non sentire Laura sorridere, piangere, cantare, vivere: non vederla tuffarsi nelle chiare acque, bella e bianca come Venere, non vederla seduta su la fresca erbetta, protetta da qualche bel ramo, giuncata da una lieve pioggia di fiori: non vederla, prima che nelle eterne carte, viva e vera, nella vita? In seguito, la realmente goduta visione di luce, si trasformava, passando per l'anima del poeta, nelle divine melodie che dopo tanto volgere d'anni noi ancora beatamente ascoltiamo.

Ed io vedo Laura, attiva di tutta la sua vissuta grazia, sorridere a me che la evoco con devoto cuore, dalle pagine del Canzoniere: di quella grazia di cui s'impossessò (oh veramente magnifico possesso!) Francesco Petrarca, per fissarvi sopra la sua impronta immortale.

S'egli fu un poco poseur (come bene è stato detto), s'egli esagerò un poco i nodi della sua passione, s'egli amò il suono delle sue pene e delle sue querele, ciò non nega la sincerità della sua doglia. Ma se non con gli occhi dell'anima nel Canzoniere, almeno con quelli del corpo mortale, ognuno può vedere Laura tramandata ai posteri nelle altre opere del suo poeta: nelle lettere famigliari e senili, e nel «Segreto» ch'è come il libro delle sue confessioni. Ivi egli attesta la verità di quella unica passione che lo fa, per tanti anni, pallido ed errante, che lo fa cercare, appena trentenne, l'esilio di Valchiusa, che lo fa crudelmente soffrire, sì, ma lo innalza e lo migliora.

Che il Canzoniere possa dare l'erronea, superficiale impressione di una certa freddezza, di certa pacata compostezza, di un amore fatto più di fantasia che d'anima, di un pianto troppo elegantemente versato, io posso anche ammettere: non tutti gli orecchi sono felicemente temprati ad accogliere immediatamente il gaudio di quelle armonie! E la causa di questa erronea impressione, per me, sta in questo.

Una cosa perfettamente bella procura, al primo vederla, più meraviglia che commozione.

Guardate, per esempio, il dolore rappresentato dall'arte greca. È un dolore sempre così bello, che a prima vista non vi tocca. La linea, in esso, difficilmente si scompone, c'è sempre un'alta dignità ne' suoi accenti, così che la sua forza viene mitigata, direi rasserenata, dalla stessa bellezza della sua rappresentazione.

Ma chi oserebbe negare, anche se appare a noi nell'aspetto di un Dio, nell'arte e nella vita, il Dolore? Non è di dolore, principalmente, fatto il cuore dell'uomo?

E un cuore dolente fu certo quello di Francesco Petrarca; e la sua poesia nacque dal suo dolore.

O Laura, dolce Madonna, siano rese a te grazie da tutti i cuori! Per te molto sofferse, è vero, il tuo poeta: ma col negarti a lui tu gli facesti, o castissima, il maggiore dei doni: gli desti un tesoro di Poesia.

Ed egli te ne compensò, bionda Laura, con munificenza più che da re, da nume: perchè ti diede l'Immortalità!

MARIA ANTONIETTA.

Ha detto Guyau «L'art c'est de la tendresse»: e la tenerezza è quella che mi guida, mentre la mano mi trema di commozione, a tracciare un profilo di Maria Antonietta, quale esso fluttua nella mia mente, e ch'io vorrei saper rendere visibile altrui, puro di linee, delicato di colore, sintesi adorabile di tutti i ritratti ch'io ho fino ad ora veduti di lei, fatti dalla penna o dal pennello, e pure da tutti un po' dissimile. Una intera letteratura ha fiorito e fiorisce sopra Maria Antonietta, la quale ha dopo morta, da un secolo e più, adoranti idolatri, detrattori crudeli e instancabili: così, come ebbe in vita. Nè da viva nè da morta, sicuro indizio, questo, del suo valore, ella non inspirò mai l'indifferenza: ma amore profondo o immenso odio: e sul suo bellissimo capo biondo, benchè staccato dal corpo, durano ancora le tempeste: almeno quelle della discussione.

Eppure a me sembra che da tutta quella letteratura, la vera, la sincera figura morale di questa donna non sia ancora balzata fuori, veramente viva, fin qui. L'odio ce ne ha date caricature mostruose ed assurde; gli apologisti volendo ad ogni costo difenderla hanno fatto, a somiglianza degli avvocati di tutti i tempi, della retorica spesso inutile, qualche volta dannosa; sì che, volendo fare di lei una donna perfetta, pura di tutti i difetti, ricca di tutte le virtù, l'hanno messa fuori dell'umanità: e, ciò che di più m'accora, le hanno tolto il suggello della sua personalità adorabile.

Maria Antonietta non basta adorarla religiosamente, ammirarla e compiangerla (dei detrattori mi piace non occuparmi) sui documenti della sua sventura, per poterla imparare a conoscere: bisogna amarla. Amandola molto, amandola teneramente, sarà assai più facile il conoscerla, il penetrare l'intima essenza di quella creatura che l'oscuro fato destinò ad essere olocausto di secolari errori alla vindice sete dell'umanità che apriva gli occhi alla luce, frammezzo alla nube di sangue di quell'«omicidio collettivo», socialmente necessario, che fu la Rivoluzione francese. Per me, che pure ho l'anima aperta alle divine luci del diritto e della libertà, la morte di Maria Antonietta, e più ancora della morte, il suo martirio, è e sarà, nei secoli, la macchia di quell'epico periodo che inizia la «novella storia». Ma essendo lontano dal mio proposito di fare qui della critica storica, così concentro subito le mie facoltà, che vorrei poter dire pittoriche, sul profilo che, con molta audacia, guidata dalla tenerezza, intraprendo a tracciare.

Ho detto «facoltà pittoriche», e non so perchè, mi piacerebbe invece dire «musicali»: chè l'imagine di Maria Antonietta desta in me pensieri che oso chiamare melodici, e che un'armonia significherebbe assai meglio della parola. La parola ha troppa precisione di contorni, troppa inesorabilità di definizioni: e certe imagini dovrebbero, a parer mio, poter apparire sopra uno sfondo indeciso, un poco evanescenti, fluttuanti fra la verità ed il mistero, somiglianti alla luce di quelle aureole che circondano il capo dei «Santi»: esse sono tanto belle che fanno parte dell'ultra definibile.

Proprio così Maria Antonietta. Composta di luce chiara, d'ombre azzurrine, di profumo e di armonia, di dolcezza e di forza, di sorriso e di pianto, di ecloga e di dramma: certo, di divina poesia.

Ma cerchiamo che il fantasma si plasmi, per un momento, tra le nostre mani accarezzanti (dico nostre, non è vero, lettrice?) e assuma la sua forma integrale: esso ci darà, se le nostre carezze avranno il potere di compiere il prodigio, una grande, una freschissima gioia.

***

Maria Antonietta Giuseppina Giovanna di Lorena, nacque (il 2 novembre 1755) «delfina di Francia»: chè a ciò la votava la materna ambizione dell'Imperatrice Regina Maria Teresa, E l'abate italiano

Pietro Metastasio prima, l'abate francese Vermond più tardi, ebbero la missione di educare quel giovane spirito sì come quello di una «principessa francese».

Così i germi della dolce sentimentalità tedesca, i quali, a parer mio, avrebbero, se coltivati, formata l'essenza dell'anima di Maria Antonietta, furono dalla puerizia sempre soffocati, inariditi in lei, da persone e da avvenimenti: e perfino il Dovere dovrà immischiarsene, un giorno!

Invece certa sua amabile tendenza a un motteggiare onestamente birichino, fu incoraggiata, stuzzicata nel suo spirito dal suo precettore — Vermond — nel quale accoppiavansi un colto e fine intelletto a un'anima arida di cinico. Niuna seria coltura le fu impartita; invano folgorava di pura luce l'intelligenza giovinetta dell'arciduchessa! Ma a Schönbrunn si pensava che l'«Occhio di Bue» dovrebbe accogliere in un giorno non lontano una delfina tanto adorna di tutte le grazie esteriori da offuscare il ricordo delle «ospiti» che prima vi avevano emerso: e chi pensava a inorridire se le «ospiti» del cui ricordo la vergine imperiale doveva trionfare, fossero le «favorite»?

A quindici anni la più giovane figlia di Maria Teresa fu giudicata matura per il grave evento: e un bel giorno di maggio ella abbandonò per sempre i viali profondi del suo Schönbrunn dove ancora risuona l'eco giuliva delle sue risate infantili: e tutti piangono mentr'ella s'avvia, tutti sono dolenti, come per lo sparire d'un dolce miraggio: solo l'Imperatrice Regina, pallida e muta, non piange: la sovrana ha trionfato su la madre.

***

La prima volta ch'io mi vedo balzare nella mente Maria Antonietta, viva di tutto il suo fascino, di tutta la sua balda giovinezza, e ch'io vedo linearsi la sua propria «autonomia», è su l'isola del Reno, nel giorno in cui deve aver luogo la solenne cerimonia della «consegna». Ella appare: e tutta la Corte di Francia andata ad incontrarla è tosto sorrisa dalla sua grazia. Eccola su la soglia della sua nuova patria, già presa nelle spire di quel rigido cerimoniale che sarà l'eterno oggetto del suo odio e de' suoi motteggi, ma cui ella sa subito sottoporsi degnamente, di così «grande stile», con quel suo portamento di testa che diventerà celebre, con quella andatura ch'è come un ritmo di gioia, coronata di quella gran chioma rosseggiante, alta su la fronte bianca come l'aurora.

Poi, in un'altra soave visione io la rivedo sotto gli archi di verzura della foresta di Compiègne, colà dove avviene l'incontro dei due corteggi nuziali. Da una berlina di gala, di cristallo e d'oro, scende il «Cristianissimo Re» in persona, che accompagna il Delfino. Allora la giovinetta sposa si avanza, e con atto «regalmente umile» si prostra ai piedi di Luigi decimoquinto. Al vecchio libertino si inumidiscono gli occhi, e durante tutto il viaggio profonde al «seguito» parole di ammirazione fervente per la nuova nipote. (Era buon conoscitore lui!) Ma al castello della «Muette» dove giungono per riposare, sorge la prima nube sul cielo della così bene auspicata gioia famigliare. Il vecchio Re impone alla Delfina la presentazione della contessa du Barry: e la vergine quindicenne, poc'anzi tutta sorriso, assume un contegno così imperialmente glaciale, che la plebea move lagnanza al suo signore e schiavo, contro la «petite rousse!»

Petite rousse! Dolce bambina! Da poche ore eri entrata sul suolo di Francia, e prima delle rose ritrovavi le spine!

***

Maria Antonietta fu destinata a soffrire dell'impopolarità di Choiseul, il ministro che «fece» il suo matrimonio: e lo spettro della «Autrichienne» seguirà sempre, prima nell'ombra, discreto, poi a poco

33

a poco ingigantito come da mostruosa fata morgana, la delfina da principio, più tardi la regina di Francia e di Navarra.

Ma ella era fatta per la gioia. Frammezzo ai torbidi intrighi di quella Corte, fradicia di corruzione al di dentro, così scintillante di splendore al di fuori, tra il cupo e ancora lontano minacciare dell'uragano, s'ode, sì come fresco scrosciare d'acqua cristallina, la giovanile risata di Maria Antonietta. Rapita all'austera Corte di Vienna, alla tranquilla solitudine di Schönbrunn dove dai primi sogni dell'adolescenza la sua pura fronte era stata sorrisa, ella, la pianta tenerella, si acclima ben presto all'atmosfera di Versailles, dove porta il profumo della sua grazia ninfale. La lunga teoria di pallide e mute Regine, di splendide e sfrontate cortigiane, è travolta nell'oblio: a Versailles, Maria Antonietta, con la piccola orma del suo piede, appose il suggello che lo asserviva all'unica sua sovranità.

Ma pure ammettendo e riconoscendo che quel luogo e quel momento storico ebbero in lei una Regina che vi si adattava come una gemma nel castone del suo anello, è assurdo non vedere che ella, la grande Calunniata, non portò nessun contributo peggiorativo nell'ambiente in cui visse e cui presiedè, prendendolo quale esso era. La società francese del secolo decimottavo: quella società che, come ha detto Taine, «era quasi tutto, mentre lo Stato era quasi nulla»: ecco la grande colpevole, quella in cui si devono cercare le cause, ed anche le attenuanti, degli errori della giovane Regina. Di essa Talleyrand ha detto più tardi «chi non conobbe la società francese prima dell'89 non conobbe la vera gioia di vivere»: società di «decadenti», di esseri corrotti a forza di raffinatezze, di vita molle e gioiosa, dimentichi dell'alta responsabilità di chi rappresenta un glorioso passato, da cui il denaro, sudato dal popolo oppresso, era gettato con una spudoratezza consentita solo dalla sincera incoscienza. Sì che, per un esempio, il cardinale di Rohan aveva tutte le batterie delle sue cucine di argento massiccio: e il principe di Conti faceva, come epilogo di un intrigo galante, ridurre in polvere un brillante di parecchie migliaia di lire per seccare l'inchiostro di un biglietto per una dama!

E allora, perchè ci sorprenderà soverchiamente che la Regina, avendo un giorno regalato al piccolo delfino (così lungamente sospirato dal suo cuore assetato di maternità!) una carrozza tutta d'argento dorato, incrostata di rubini e zaffiri, dica, con la sua aria di candore: «Io devo pure spendere il denaro che il Re mi dà: non posso mica conservarlo, non è vero?» in queste parole è tutta la coscienza di doveri sociali di Maria Antonietta!

Ma se, quale ella fu, spendereccia, un po' frivola, spensierata, un po' civetta, di quella civetteria senza malizia «per piacere a tutti, non già a qualcuno» come diceva il principe di Ligne, noi siamo tentati qualche volta di biasimarla, di tenerle un poco di broncio.... ebbene, ciò non ci riesce: e non sappiamo nemmeno indispettirci con noi medesimi della nostra debolezza, proprio come avviene se ci proponiamo di correggere un bambino che abbia fatto qualche monelleria e che la monelleria sia così adorabile da mutare, nella bocca nostra, la correzione in uno scoccante bacio!

***

Vediamola dunque un poco da presso, questa bionda Regina, seguiamola in qualcuna delle sue giornate, che ce la svelino ad ora ad ora, per mezzo de' suoi gesti visibili, nei diversi momenti della sua vita.

È domenica, ella si reca alla messa solenne, passando per la grande galleria «degli Specchi» dove hanno luogo, rapidamente, sul suo passaggio, le novelle presentazioni. Gli aspettanti, ansiosi, febbrili di vederla, sono disposti su due file: la più altera nobiltà di Francia, forestieri «di distinzione», celebrità di oltremare e d'oltremonte. Ella esce da' suoi appartamenti, preceduta, seguita dalla sua numerosa corte: una magnificenza! Ecco la gravità superba della prima dama d'onore, la Contessa di

Noailles, che la Regina ha battezzata «Madame l'Etiquette»: ecco la bionda e soave Maria Luisa di Savoia Carignano Principessa di Lamballe, che cela nel gracile petto l'anima di un'eroina; e la bruna e sorridente Giulia di Polignac, impareggiabili quando balla il minuetto; e tutto un drappello di gentiluomini invitti nell'arte di arrotondare un inchino o di comporre un madrigale, squisiti gran signori della licenza: e il gaio sciame dei giovani paggi e le uniformi magnificamente scintillanti. Tutto un fulgore.... Ma eccola.... non ci sono più occhi che per «lei». La sua testa sovrasta quelle di tutte le altre dame, un ciuffo di piume color di rosa si erge su la chioma incipriata e si agita al ritmo di quella andatura ondeggiante e leggera ch'è forse il più piccante aroma di tanta bellezza: l'abito è di tessuto argenteo a tralci di rosei oleandri, alcuni fili di brillanti, puri come goccie di rugiada, girano intorno alla «torre d'avorio» del suo collo. Ha il portamento di testa delle «grandi occasioni»: quel portamento di cui essa medesima si diletta a chiedere «se le dia l'aria insolente»: e un profumo delicato l'avvolge e l'accompagna, lasciando un solco inebriante dovunque ella passa.... Ella è così idealmente, così suggestivamente «Regina» che ognuno vede splendere il serto.... ch'essa non porta, che ognuno cerca lo scettro tra le piccole mirabili mani che recano il ventaglio e l'inseparabile «lorgnon». Eppure, mentre passa, diffondendo tanta luce di regalità, squisita di cortesi parole ad ognuno, l'odiatrice della etichetta, la motteggiatrice sottile si palesa: chè essa coglie al volo tutto quanto di comico le offre la magnifica assemblea, e col viso composto alla maggiore dignità, strette le piccole labbra vermiglie e un po' sporgenti, dice a bruciapelo a' suoi intimi, agli «Eletti» qualcuno de' suoi così piacevoli motti..., che compromettono, fino allo spasimo, il contegno di chi li ascolta! Ella ha una voglia matta di ridere, sente di rappresentare una «parte», disprezza in cuor suo quel cerimoniale.... ch'è pure così necessario, sorta di rito di una religione: e non s'accorge, la deliziosa incosciente che quel suo sorriso schernitore contribuisce, in qualche modo, alla grande opera di fatale demolizione.... Ma non funestiamoci ancora.

***

Mi piace di sorprenderla una volta nel suo salotto particolare, il celebre «Cabinet de la Reine». È quello il solo rifugio della sua intimità, il piccolo paradiso di colei che questa amò sopra tutte le cose, e che invidiava la sorte delle sue amiche (ella sentì l'amicizia come poche donne al mondo e come forse nessuna Regina!) solo perchè non avevano da sopportare il tedio enorme del trono!
Il salottino squisito, ch'ella medesima ha fatto arredare, è tutto bianco a lievi ornamenti d'oro. Una folla di poltrone di tutte le forme lo popola, dandovi una «fisonomia» di dolce famigliarità; tra tutte, la «bergère» profonda che accoglie per lunghe ore la bella persona serpentina della padrona di casa. Lì ella è solamente una padrona di casa, una dolce e gaia signora. Ecco la sua arpa, ch'ella tocca con tanta grazia, ecco la grande cesta contenente le tappezzerie che occupano instancabilmente le sue belle mani così sapienti nell'opera dell'ago; ed ecco, nel posto d'onore, il pianoforte, al quale siede un vecchietto che tutti trattano come un nume: è il maestro ed il protetto insieme di Maria Antonietta: è Cristoforo Vilibaldo Gluck. L'aria ch'egli in questo momento accompagna alla regale discepola è «che farò senza Euridice» dell'Orfeo ch'ella canta col più caldo accento della sua voce grave e pure soave. L'effetto di quella squisita audizione spegne, per alcuni istanti, la frivola gaiezza della eletta radunanza, che a me sembra veramente vedere col pensiero evocatore.
Come sottili e lunghi sono i busti delle dame, sui gonfi guardinfanti! Che pallide soavità di broccati! Che fronti superbe e che rapaci sguardi sotto la cipria, hanno i cavalieri! Quanti fiori, sui tavolinetti carichi di miniature di Lebrun e di Vertmüller, di avorii preziosi, entro i vasi di Sèvres e di Venezia!... Tolti alla ricca biblioteca che occupa un altro dei salotti intimi, sono qua e là alcuni libri, i libri ch'ella

35

predilige: forse Marianna di Mariveax , forse la Nouvelle Héloise.... o forse qualcuno dei libri un poco scurrili che erano di moda in quel tempo (e non soltanto in quel tempo.... è vero?).

Ma che c'è? La romanza è finita: e perchè ride così forte la Regina, celando il viso lunghetto e bianco come un giglio dietro il ventaglio? «Baron, quel mauvais ton!» ella ha detto, minacciandolo col dito, al terribile barone di Besenval, il maturo impenitente galante, che ha l'arte di dire, facendosele perdonare, le più atroci cose. E la sua risata vola per l'aria, confondendosi col profumo della essenza «à la maréchale» e all'eco dell'ultima cadenza della divina melodia di Gluck!

Intanto, in piedi, dietro le poltroncine delle dame, con gli occhi fissi in «lei» mi pare di vedere: qui il presentuoso, l'audace don Quan, colui che l'innocente capriccio della Regina ha così insuperbito di folli speranze, il proprietario della famosa penna di airone bianco che Maria Antonietta gli ha tolto dal cappello per ornarne l'alto edificio della sua acconciatura: il famosissimo duca di Lauzun: là il principe di Ligne, il rassegnatissimo adoratore, il vecchio «don Guritano» della Corte: e muto, pallido di commozione, cercando disperatamente da «lei» la elemosina d'uno sguardo, il biondo cavaliere scandinavo, addetto all'ambasciata di re Gustavo, il conte Axel de Fersen. E il mio pensiero evocatore vede che il chiaro sguardo della donna regale, incontrandosi con quello di lui, si tempra d'una dolcezza intensa.... se pur fugace.... che basta a colmare di gioia un veramente nobile cuore di eroe sentimentale.

La femminilità, nel senso più ampio e più completo, si personifica in Maria Antonietta: quella femminilità, che rasenta qualche volta una sorta d'infanzia dello spirito, ma che pure saprà sublimarsi in atti di elevazione quasi superumana: e nell'uno e nell'altro caso presieduta sempre da una assoluta sincerità nell'operare.

Ella ha un'intelligenza gagliarda se non nutrita di forti studi: e sortì da natura un gusto finemente squisito che rare volte la traeva in errore. Amò e protesse gli artisti, ammettendone alcuni nella propria intimità, facendosene sinceri amici: e Beaumarchais, Voltaire, Lebrun, Grétry, Delille, Gluck ebbero da lei favori ed onori. Il teatro fu, nel campo dell'arte, la sua più viva passione: e Grimm ci racconta che anche come attrice ella dimostrava singolare attitudine: era un gioiello di grazia, a modo di esempio, nelle vesti di «Rosina» del Matrimonio di Figaro.

Era pietosa e benefica, in quel tempo in cui nulla si faceva per il popolo sofferente, ed era sempre pronta a intercedere, con lieto cuore, presso il re, a favore di qualcuno de' suoi charmants vilains sujets come scherzosamente ella chiamava i francesi.

Anche nella sua difficile parte di moglie, ella dimostra sempre un fine tatto, una simpatica e tutta femminea amabilità di carattere senza angoli e senza rancori. (È curiosissima, a questo proposito, la sua corrispondenza privata con Maria Teresa). Quantunque, evidentemente, ella non possa amare il re d'amore, ella è per lui una buona camerata nella lieta fortuna, una fedelissima alleata, la sua migliore amica nella sventura. Non può ammirarlo come uomo, ma sa rispettare in lui il padre de' suoi figli; non ha fiducia in lui come Re, ma saprà obbedirgli un giorno (trasportiamoci con la coscienza a un secolo fa) come all'unto del Signore, sacro per diritto divino.

Ma certo quelle due nature non furono fatte per intendersi, per amalgamare le loro tendenze. Quella giovane donna così piena di gagliardo sangue, ha bisogno di vivere, di amare, di gioire. Tutti i suoi sentimenti sono esuberanti. I suoi piccini essa li adora: ne è la prima maestra, la compagna di monellerie, la dolce, instancabile infermiera: le sue amiche colma a piene mani di favori, giungendo perfino a suscitare critiche e scontenti, nella Corte e fuori di essa: alla principessa di Lamballe scrive: «mon cher cœur»; Giulia di Polignac ammette alle confidenze di una sua eguale, invitandola persino a tenzoni.... di «pugilato» in cui, vincitrice o vinta, si sollazza infantilmente, ridendo fino alle lagrime! Certo, in tutta la sua vita, essa porta l'impronta della sua inestinguibile giovinezza di spirito, la quale appare, a chi la intenda, rinfrescante tutto intorno a sè, irrorante come il puro zampillo di cascata alpina. E quasi ci duole che il troppo violento disequilibrio tra la visibile folle gaiezza che irraggia la vita di Maria Antonietta per lunghi anni, e la maestà dolorosa della sua lenta agonia, ci induca a supporre nel fondo di quella psiche, anche nel periodo della gioia, qualche cosa di profondo e di invisibile, tenuto nell'abisso dell'anima per opera assidua di ferma volontà.

***

Ma riprendiamo, ancora per un poco, il nostro inseguimento, e sorprendiamo la Regina in una delle sue maggiori follie, di quelle su cui la calunnia ha tramate le più mostruose fiabe. Una delle più sincere passioni della giovane sovrana è il ballo: ella ballava per l'unica, immensa gioia di ballare, giovanilmente, spensieratamente, con la sincerità d'entusiasmo che metteva nelle sue passioni, danneggiando spesso se medesima, presso i malevoli, con quella sua fatale imprudenza che le faceva dire, per esempio, al ministro della guerra di non allontanare da lei certo reggimento che le forniva ballerini impareggiabili; o la induceva a concedere l'ambito onore di ballare con lei a giovani stranieri, espertissimi nella danza, piuttosto che a personaggi di qualità che avrebbero avuto il diritto di essere preferiti.... ma che ballavano come orsi! Così nascevano le leggende: per esempio quella dei «cavalieri britanni» preferiti dalla Regina!
Anche nel ballo ella metteva un suo fascino amabilmente personale. Orazio Walpole diceva: «On dit qu'elle ne danse pas en mesure: mais alors c'est la mesure qui a tort!». E dove si svolgono le note d'un minuetto o d'una gavotta, ella accorre, inebriata come dall'onda di un liquore che monti sottilmente al cervello....
Questa volta ella è ad un ballo mascherato, nella sala dell'ambasciatore del re di Sardegna. Ella ha celata la sua alta persona in un ampio «domino» di raso bianco, perfettamente uguale ad alcuni altri indossati dalle sue dame: e forse il meditato inganno riuscirebbe.... se la sua andatura («incessu patuit dea») non la svelasse, almeno a chi la conosce da vicino. Eppure il marchese Caracciolo, inviato del re di Napoli, con ingenuità che fa torto alla sua penetrazione d'italiano e di diplomatico non riconosce la profumata dama bianca, che lo mette alla disperazione, che accende il suo sangue, pronto a divampare come il fuoco che rugge dentro la terra, laggiù nella sua patria lontana!
Oh come è giulivo lo scoppio d'ilarità della Regina, quando finalmente si rivela! Che giovanile malizia soddisfatta le brilla nel chiaro sguardo!
Nulla di più semplice, di più innocente, è vero? Nulla di più graziosamente «settecento». Eppure quanto germogliare di male erbe della critica e della calunnia!
Ella, l'incosciente, non faceva alcun vero male ma non comprendeva, e nessuno sapeva farle comprendere una cosa: che quelli erano tempi in cui la Regina di Francia non aveva più il diritto di ridere!

***

Adesso siamo a Trianon. «Ici je suis moi» ella diceva: e qui mi piace pensarla, la creatura adorna di tutte le grazie e materiata di sentimento, colei che amò così appassionatamente la Natura e che sarebbe stata degna d'essere generata dalla fantasia del divino sentimentale della voluttà, Gian Giacomo Rousseau. Ella fuggiva, è la parola esatta, fuggiva da Versailles, dove la regalità l'opprimeva come una cappa di piombo, e si rifugiava a Trianon, il suo piccolo regno, fatto di verde, di sole, di limpida acqua scrosciante. Là rivestiva la sua bella persona di lino candido, il celebre «linon» di Maria

37

Antonietta, il lieve fazzoletto s'incrociava sul colmo petto, si annodava dietro la vita prodigiosamente sottile: un largo cappello di paglia conteneva il «rivol d'oro», e la «badine» era il bordone dell'augusta pellegrina. Oh Lawrence! Nulla mai tu creasti di così squisito! Là, tra i boschetti che si trasmettevano l'eco gioconda della sua sonante risata, nel bel palazzetto di marmo bianco dagli svelti colonnati, tra le bizzarre creazioni della sua vivida fantasia, ella era veramente «se medesima», ella poteva finalmente trovarsi sola con la propria anima. E chi sa quante volte alla risata avranno tenuto dietro le lagrime, in quella mobile e così femminea natura; colà dove, nel raccoglimento, poteva trovarsi faccia a faccia co' suoi disinganni di moglie, con le ansie della maternità, e forse coi tormenti d'un sentimento divino, a lei dal dovere vietato, eppure così necessariamente germogliante nella sua anima, così ricca di rigoglio affettivo! (Oh segrete carte del conte di Creùtz ambasciatore di Svezia, al suo Re, narranti le mal trattenute lagrime della regina di Francia e di Navarra, allorchè Axel de Fersen parte per la guerra d'America!).

E là, in quel luogo, nel dolce asilo della sua intimità, ella doveva passare l'ultima giornata, se non felice, chè i rumori dell'uragano erano ormai minacciosi, almeno tranquilla, della sua breve vita.

Ella era là, il memorabile 5 d'ottobre 1789, e leggeva entro la verde grotta della sua predilezione, presso un mormorar d'acqua, quando fu segretamente avvertita da un messo del Re, di rientrare subito a Versailles. E qui l'ecloga finisce, e comincia il dramma.

***

Nell'ultimo periodo della vita di Maria Antonietta, che comincia con l'entrata alle Tuileries e finisce il 16 ottobre del '93, giorno della sua morte, (torturante agonia morale, unica nella storia!) quella psiche sembra sdoppiarsi, e dar luogo ad una nova persona morale che non si era stati indotti a prevedere. Direi quasi che il vanire della prima visione è triste per l'egoismo estetico che squisitamente si dilettava della dolcissima creatura.... se non pensassi che bisogna ora intraprendere il rapido schizzo del triennio che sublima Maria Antonietta con «le ginocchia della mente inchine».

Il dolore diede a lei una nuova coscienza. Le facoltà sonnecchianti nel suo essere si svegliano, il sangue di antichi dominatori e di eroi freme nel suo sangue. Ella che aveva fino ad allora «rappresentato la parte di Regina», avendo i segni della noia su la bella fronte, si afferra al trono che deve esser quello di suo figlio, con le bianche piccole mani, diventate rapaci. Questo pensiero dominante, somigliante ad istinto di leonessa che protegga il suo nato, le farà perfino dimenticare, ma solo all'ultimo momento di regalità, d'essere quale essa fu sempre (e i documenti della sua corrispondenza col fratello lo provano) una buona francese. Tra il crollare di vecchie istituzioni, che la forza della nova civiltà abbatteva, presso un fantoccio di Re, che avrà il solo merito di saper morire, la sola energia, la sola mente virile è quella della Regina: lo ha detto il gran ciarlatano dalla meravigliosa eloquenza, il conte di Mirabeau.

Anche tra gli uomini della rivoluzione, che sarà costretta ad avvicinare, ella opera un irresistibile incanto, non può essere messo in dubbio. Il suo incanto, che si effonde, come fluido magnetico, dalla sua persona, è il leitmotif che l'accompagna per tutta la breve vita; leitmotif di gioia, che mi piace tanto di ritrovare in lei, come un'antica e cara conoscenza, anche nei momenti solenni, anche, perfino, nell'epilogo del triste dramma!

La seconda manifestazione della duplice personalità di Maria Antonietta, che integra la sua figura morale fino ad elevarla all'eroico della vita, adombra, intenebra, assorbe quasi la regina di Versailles e di Trianon, così cara a me a malgrado (non forse per essi?) de' suoi difetti: così che, quando m'imbatto ancora, ne' giorni del suo cordoglio, in certi tratti che mi fanno esclamare: «eccola, è lei!», io godo ancora sinceramente, e mi riesce ancora di sorridere, in mezzo alle lagrime!

***

Le ultime evocazioni ce la mostrano nelle diverse tappe, le più memorabili, della sua «Via della Croce»; e vedremo campeggiare la sua figura, sul lugubre quadro, nero di minacce, rosso di sangue, avvolta sempre da un fascio di pura luce: luce non più soltanto di grazia, ma di eroica virtù.
Il 5 d'ottobre, la prima tappa verso il Calvario; il popolo scatenato, povera gran bestia oppressa da secolari sofferenze, urla sotto le finestre della Reggia, minaccioso, terribile. Le furibonde femmine mettono nel tumulto la nota più crudele: l'odio per l'«Austriaca» eccita i nervi di quelle martiri secolari, empie di bestemmie le loro fameliche bocche. Si vuole che la Regina si presenti al balcone.... non già, ahimè, per applaudirla freneticamente, come in altri tempi.... Ella appare, nel gruppo biondo de' suoi figliuoletti! «Pas d'enfants!»: è il grido terribile, gravido di minacce. La famiglia, la Corte, tentano trattenere la Regina, che un così palese pericolo minaccia. Ma ella si svincola e, sola, nel grande vano della finestra che la incornicia, illuminata da un raggio di sole, superba e magnifica, si presenta al popolo urlante. Oh duplice, magico potere della bellezza e della forza interiore! Alle maledizioni.... succede uno scoppio di deliranti applausi!
Ma nel chiaro sguardo di Maria Antonietta passa l'ombra del primo presagio di morte....

***

Peggiore, più amaro delle brutali manifestazioni popolari, è al cuore della Regina lo stato di semiprigionia alle Tuileries. Quasi tutta la sua Corte è allontanata da lei, sono lontani i suoi migliori amici, intorno a lei sono soltanto nemici e spie. Ma anche di tra costoro, di quando in quando, a mitigare il suo misero stato, si elevano spontanei omaggi, nobili attestati di devozione....
Oh grave momento della fuga a Varennes! Salvezza forse compromessa dai troppo lunghi preparativi di viaggio della Regina! Oh donna forte e soave che saprai morire come un eroe dell'antica Grecia, ma non fuggire verso la salute senza che il nécessaire da viaggio, di legno di rosa, incrostato di avorio e di argento, pieno de' più dolci profumi fosse allestito! Ma quel viaggio ti provò, se non altro, o Regina, la devozione senza limiti di due uomini: quella del biondo cavaliere scandinavo, Axel de Fersen, venuto dal suo paese di gelo, col suo cuore di fuoco, per rapirti alla Francia che non ti amava, egli che ti amava tanto! e quella del giovane deputato dell'«Assemblea», Barnave dal nobile cuore, il nemico della monarchia, che, pure ubbidendo al dover suo, che gli comandava di riportarti al luogo del supplizio, si vota a te, tuo cavaliere per la vitae per la morte! Sicchè tu esclami, dopo avere porta al plebeo la tua bianca mano: «Si jamais je redeviens Reine, le pardon de Barnave est déja écrit dans mon cœur». E risali le scale del tuo «primo» carcere: le Tuileries.
Là ella è divenuta il ministro degli Esteri di Francia: ed è, non esito a ripeterlo, per una figlia dei Cesari, nata nella fede del Diritto divino, per una coscienza di Regina d'un secolo fa, un «ministro» liberale. Le lettere di lei a suo fratello Leopoldo II lo dimostrano: essa rifiuta, fino quasi all'ultimo, da lui, l'aiuto armato, combatte la politica così detta dell'Emigrazione; è convinta della necessità della costituzione, il suo cuore è quello d'una buona francese. Solo la «madre» avrà ragione di tutti questi sentimenti. Quando ella vede vacillare il trono di suo figlio, la femminilità, che è sempre la grande caratteristica sua, riappare: e non sa più ragionare altro che col cuore.

39

Intanto la sua dolce bellezza declina. La signorina di Buquoy, che da qualche tempo non vedeva la Regina, è condotta un giorno alla sua presenza: e il cambiamento avvenuto nell'augusto aspetto la colpisce così dolorosamente, che invano tenta trattenere un dirotto pianto. La Regina ritrova per lei uno de' suoi luminosi sorrisi, e passando la sua bella mano sui capelli della fanciulla «ne cachez pas vos larmes, mademoiselle — ella dice — vous êtes bien plus heureuse que moi: les miennes coulent depuis deux ans.... en secret!».

***

Ruithora. Gli eventi s'incalzano. Era fatale che la grande epopea di redenzione si macchiasse di tanto puro sangue!

E passano, passano i giorni terribili, le date di dolore. Siamo alla barbara invasione del 20 di giugno. Ed anche in quell'ora, il centro, l'anima della Reggia è sempre Maria Antonietta. Ella trova in quel momento la serenità di spirito, la dignità veramente sovrana di rivolgere alle feroci femmine invase dal demone dell'odio, le nobili parole che inumidiscono molti cigli....

Su l'animo di quel Re, nel quale si giunge persino a desiderare qualcuno dei vizi de' suoi avi, purchè accompagnati da qualcuna delle loro virtù, la Regina non ha mai avuto un vero dominio, in nessun periodo della loro unione.

È curiosissima una lettera di lei, nei primi anni di regno, a suo fratello Giuseppe II: un piccolo capolavoro di sincerità femminile. Ella, nel suo stile elegantemente spontaneo, confessa al fratello la nessuna sua autorità di consiglio sul marito, ed aggiunge che sentendosi di ciò troppo umiliata, cerca di lasciar creder altrui che il suo potere sul Re sia invece assai grande. Così, aiutando le apparenze, la leggenda ch'ella governasse, si formò. Ma l'obeso Re ha l'inflessibilità di carattere dei deboli. Il cedere qualche volta è dei forti: ed egli non cede mai. Così avviene nel terribile 10 di agosto.

L'idea di abbandonare la Reggia, per chiedere asilo all'Assemblea rivolta il sangue della figlia di Maria Teresa. Magnifica di sdegno ella ricorre a tutta la sua eloquenza, a tutta la sua forza morale per indurre Luigi a non muoversi, ed attendere alle Tuileries gli eventi. Oh meglio, meglio assai per tutti, finire violentemente quel giorno, senza avere vuotata fino alla feccia la coppa del fiele! Ma il Re le resiste: egli vuole ubbidire all'Assemblea. Un re che ubbidisce! E allora perchè dunque non sopprimerlo?

«Je le veux, je l'ordonne», egli dice. L'unica autorità che gli restava era quella di capo di famiglia. Sua moglie lo intende: così che, a malgrado dello scatto di rivolta che le fa pronunziare le parole: «Vous ordonnerez, avant tout, Monsieur, que je soi clouée aux murs de ce palais!» pure si arrende, e compie, sublime nell'eroico sacrificio, la suprema viltà. Intanto i suoi fedeli amici, trecento gentiluomini del più puro sangue di Francia, che da due giorni montavano, alla funebre Reggia, la guardia d'onore, immobili, attingendo dallo sguardo di lei l'ultima incitazione, l'ultima carezza, si preparano a spargere il loro sangue, il quale lava, in un divino lavacro, tutti gli errori commessi dai loro padri!

***

È troppo triste all'anima di fermarsi alle ultime visioni del martirio di Maria Antonietta. Seguendola nella «Loggia del Logothographe», nel «Convento dei Feuillants», al «Tempio», alla «Conciergerie» una pietà sprovvista di qualunque retorica, una sofferenza cui è impossibile sottrarci, ci assale. La dolce figura di Regina, ingrandita dal dolore, circonfusa della santa aureola del martirio, assurge, nella nostra mente, all'elevazione del «simbolo». Ci pare come di avere dinanzi una scultoria figura d'Arte, una rappresentazione immortale del Dolore: e pure prostrandoci a questa, commossi e devoti, sentiamo una specie di rammarico d'esserci separati dall'altra Maria Antonietta.... per sempre!

Così il nostro rammarico, direi la nostra nostalgia del vanescente dolce fantasma ci fa cogliere a volo, anche nel periodo supremo dell'esistenza della martire, i pallidi accenni dell'antica musica che compose, nella nostra mente, la sua figurazione. Ed ora al profumo sottile della cipria che fino all'ultimo suo giorno ella usa, ora al candore immacolato delle piccole mani uscenti dalle brune vili stoffe che la Francia a stento le concede, stupore de' carcerieri; o al fazzoletto che ancora si annoda dietro la vita divenuta sempre più esile (sarà l'ultima donna di Francia a portarlo, chè la moda rivoluzionaria più non lo ammette!); alla sua tenerezza per i fiori, per i bambini; a qualche suo fugace sorriso accogliente l'omaggio che ancora la sua bellezza suscita, noi la riconosciamo, e nella nostra crudeltà di esteti, ce ne dilettiamo ancora!

Poche cose sono state scritte al mondo di così tragico come la pagina del «bollettino del tribunale rivoluzionario» che hanno per titolo «Processo della vedova Capet».

Ella ha, in quel giorno in cui compare dinanzi a' suoi giudici, in faccia a quel popolo ostile, in cospetto dell'avvenire, che la guarda, un ultimo trionfo di regale femminilità. Con le sue stesse mani ella ha racconciata la sua veste di doglia. Un lungo strascico scende dalla sua elevata persona: disposta a sommo del capo è la chioma d'oro, irrigata di fili d'argento, cosparsa della odorante cipria: sopra, la cuffia vedovile, dalla quale discendono le lunghe zone di crespo, fluttuanti.

Ancora bella e maggiormente adorna di maestà di quando passava per la galleria degli Specchi a Versailles, erto sul capo il ciuffo delle rosee piume, cinto il collo di brillanti puri come gocce di rugiada: con la sua andatura leggera ed ondeggiante ch'è forse il più squisito aroma della sua bellezza, ella produce, in quell'estremo giorno, una impressione profonda, nella bieca assemblea.

Il rispetto ch'ella suscita sempre, resiste a qualunque premeditazione di offese. Quando uno dei testimonii è interrogato se conosce l'«accusata», pallido come un morto egli balza in piedi e dice, inchinandosi fino a terra: «Oui, je connais Madame». È il già conte di Estenay, pure così avido di popolarità!

Udendo gli infami particolari del processo della Regina, Massimiliano Robespierre impreca, pallido d'ira (e non forse di rimorso?). Ma FouquierTinville, il pubblico accusatore, tiene già tra le sue orride zanne la vittima, e il sacrificio deve essere compiuto: l'onta della rivoluzione.

***

La lettera che la moritura scrive a Madama Elisabetta, poche ore prima della sua fine, è un monumento di fortezza d'animo eroica. Conservata nell'Archivio Storico di Francia, controsegnata da FouquierTinville e da' suoi compagni, è la più splendida apologia di Maria Antonietta. Scritto il suo tragico testamento, ella pensa che la sua grande anima ha bisogno di un corpo valido, per poter giungere, come essa vuole, all'estremo momento: ed ordina a se medesima di nutrirsi, e riesce a chiudere al sonno, per qualche ora, i belli occhi ch'ebbero il color dei miosotidi di Schönbrunn, e che le lagrime hanno indeboliti ed offuscati....

È l'alba del 16 d'ottobre 1893. Maria Antonietta Giuseppina Giovanna di Lorena, ex Regina di Francia e di Navarra, è svegliata da' suoi carcerieri; è giunta l'ora ch'ella compia il suo ultimo abbigliamento.

Il «tribunale rivoluzionario» ha deciso ch'ella non porti, nel supremo viaggio, le gramaglie che indossa dal dì della morte di Luigi Capeto: il popolo potrebbe essere impressionato... Così ella sceglie, nella meschina guardaroba, (oh vesti d'azzurro e d'oro, oh molli lini che avvolgeste le belle membra

41

della più squisita regina d'Europa!) i pochi cenci bianchi che debbono comporre la sua ultima vestizione. Oh non certo coprì l'abito vile tanta nobile luce!

Da se medesima recide la chioma odorante, la maggior gloria di bellezza che la «petite rousse» avesse portata, ventitrè anni prima, d'in su le umide sponde del Danubio, e le belle piccole mani legate dietro la vita, ritta e superba, ella scende le buie scale della sua ultima dimora quaggiù....

Sono le 11: la carretta tirata dal cavallo bianco è pronta. Ella vi sale senza alcun aiuto, e siede, secondo le viene indicato, volgendo le spalle al cammino da percorrere.

Nessuna Regina, nella pompa di terrena gloria, fu mai altrettanto magnificamente fiera!

Un pretegiurato l'accompagna, seduto a' suoi piedi: il boia, Sanson, non osa coprirsi il capo.... E il lugubre corteo s'incammina: e va, va, lentamente. La guardia nazionale fa ala, e trecentomila persone sono nelle vie, insultanti, in preda a uno di quei parossismi di ferocia collettiva che trova solo nella patologia qualche attenuante.

La vastità del dolore supera qualche volta i confini dell'anima, così che sotto il troppo grave pondo, a lei riesce di addormentarsi in una specie di inconscienza che le impedisce quasi di soffrire. Questo deve essere avvenuto nella psiche di Maria Antonietta: chè, se perfettamente consciente, la sua grandezza morale sconfinerebbe dall'umanità.

Giunta presso la piazza della Rivoluzione, dove tra pochi momenti la fiera e soave testa bionda cadrà, un bambino, tenuto alto su le materne braccia, manda alla Passante, dalle piccole rosee labbra, un bacio. Ella lo vede, e nel suo vitreo sguardo passa l'ombra fugace d' un sorriso.

Oh sorridi, sorridi pure, o Regina, al roseo bambino: egli fu, in quel giorno, il solo cuore di Francia degno di giudicarti!

Questa celebre gentildonnaartista, una del nobile terzetto femminile cinquecentesco sacro ad Apollo, che noi siamo usi a considerare con accademica ammirazione lagrimosa, come una grande poetessa e come una grande infelice, a me pare meritevole d'essere studiata sotto un aspetto meno stereotipato, nella sua singolare fisonomia morale di donna poco equilibrata e pure (o non forse per questo?) così interessante!

Dico subito che non è la poetessa Anassilla, così ribattezzata da se stessa nelle rapide onde della Piave scorrente ai piedi del castello di Collalto, colei che suscita maggiormente la mia curiosità e la mia simpatia.

Quantunque tra lo stucchevole e freddo petrarcheggiare del suo secolo ella ci appaia non di rado personale e quasi sempre sincera, e ci mostri nuda, con grazia talora un po' impudica, la sua povera anima ferita a morte, tuttavia me commove non tanto l'arte quanto l'anima di Gaspara Stampa: ma poichè quella è tutta e unicamente il pianto sconsolato di questa, ecco che anche della sua arte sarò dal mio studio condotta a ragionare un poco.

Gaspara Stampa, come io la vedo dalle sue opere e in quelle di coloro che di lei hanno raccontato, è uno spettacolo sublime e miserabile al tempo stesso: ed è singolare che tale spettacolo si offra a noi nella cornice del tempo in cui ella visse.

Fioriva in tutto il suo rigoglio il magnifico cinquecento italico che parve un gioioso inno pagano in azione: cantava la voce possente di messer Lodovico dalle rive del Po, novellava Matteo Bandello d'una in altra corte, nelle liete brigate in cui le più caste principesse non arrossivano alle sue scurrili istorie: Pietro Aretino, azzimato e letterato ribaldo stillava dalle labbra sensuali il veleno della sua prava natura; Benvenuto che piegava i metalli a forme immortali, passava, gloriandosene, d'una in altra furfanteria: e platee di perfetti cavalieri e di nobili dame applaudivano freneticamente la Calandra e la Mandragola. Su la coscienza collettiva pareva essere disceso come un opaco velo: e l'amore passione doveva parere, in quel tempo, una specie di mito, essendosene quasi perduta la consuetudine, e non essendo l'amore ormai considerato altra cosa se non il più squisito, o anche soltanto il più allegro dei beni.

Madonna Gasparina, la bella fanciulla padovana, si muove davanti a noi, curioso spettacolo!, nella fulgida scena del cinquecento veneziano (la nobile famiglia Stampa d'origine milanese, si era trapiantata da Padova a Venezia) e la prima cosa che ci colpisce è il disaccordo, dirò così, tra l'attrice principale e le altre dramatis personae del mirifico quadro. Poi, appresso, ci colpisce ancora il dissidio tra l'anima dell'attrice ed il suo proprio involucro.

Abbiamo di lei un ritratto, che fu, pare erroneamente, da taluni attribuito al Guercino, da altri a Natalino da Murano, discepolo del Vecellio: e non ci riesce trovare nella bella testa serena e laureata, nell'ampio semi svelato seno, il fisico che ci attendevamo. Pare, nella tela, una bella donna dipinta da qualcuno dei grandi maestri coloristi del suo tempo, una di quelle belle creature ricche di sangue e di linee, dalle belle chiome accese, dalle miti facce serene e un poco animali. Eppure quel giovane, rigoglioso corpo (se non mentisce la tradizione) era la «scorza» di ben sensibile e dolorosa anima!

È in Gaspara una inesausta tenacia d'affetto, un fervore amoroso che tiene del prodigio, un bisogno di dedizione completa, una devozione di schiava, una capacità di sofferenza senza confini: e tutto questo dato in vano olocausto ad un nume indegno: a un uomo mediocre, egoista e brutale, che non la riama! E qui appunto comincia lo studio interessante per la psicologia e forse anche (perdonami, o dolce sorella antica e gloriosa!) per la patologia.

Noi siamo moderni, lo spirito scientifico, di indagine spietata ci possiede: abbiamo bisogno di sapere tutti i misteriosi perchè che ci sembrano offuscati dal dubbio. Così è che noi abbiamo bisogno di sapere perchè tu, Madonna Gaspara, patrizia giovane e bella, che avevi la fronte gonfia di bei pensieri e di vasta dottrina: che potevi leggere Omero nel suo proprio idioma, e Virgilio nel suo: che avesti dal cielo il dono di poterti cullare alla musica delle tue rime: tu che eri fatta per l'amore, che nelle elette radunanze degli orti muranesi, tra i bossi delle ville di Andrea Navagero o di Messer Trifone Gabriello, o nelle serate musicali in casa Veniero, quando apparivi, o deliziavi ognuno col tuo canto sul liuto, destavi tanto calore di omaggi, tanta sete della tua bellezza: perchè tu, nata per essere Signora, volesti essere schiava e martire.

Ho detto volesti; avrei meglio detto: dovesti? Chi lo sa! È proprio così inesorabile il Fato? È proprio superbia degna del celeste castigo il tentare di ribellarsi ad esso? Non ci dice dunque la voce della saviezza che noi stessi siamo sempre un poco gli artefici del nostro proprio destino? Dare tutta la nostra fronte alla furia della tempesta, dare tutto il nostro petto all'imperversare dei colpi: è questa veramente nobile e giusta cosa? O non dobbiamo noi essere un poco arcangeli di noi medesimi, e sguainare la spada fiammeggiante della rivolta contro i cattivi genii che ci minacciano insidia? Ma il combattere è dei validi, dei forti: e Gaspara Stampa, anima piena di fervore, mente alta ed aperta, non è valida nè forte a combattere contro il suo proprio destino. Ma la causa della sua inazione non va cercata nella sua femminile viltà: no, non è già ch'ella non osi combattere, che il suo cuore vacilli.... no, ella non vuole (dato che il volere sia uno stato di coscienza) combattere: ella si dà tutta al suo amoroso dolore perchè lo ama, perchè se ne inebria, perchè ha bisogno di acuto soffrire, perchè la sua anima è arsa dalla «sete del martirio»: la stessa sete che data ad un alto, puro ideale avrebbe potuto fare di lei una eroina od una Santa.

Perchè il grande amore, l'amore giunto allo stato di passione (non quello falso, che va pel mondo sotto un nome che non gli appartiene) è una specie di misticismo volto a cose profane, è uno stato di grazia (per modo di dire) concesso a pochi eletti, i quali accettano il terribile e dolce dono con prona fronte, offrono la povera carne loro al duro cilicio, e in attesa del giorno in cui l'Angelo della Pietà venga in loro soccorso, soffrono, tra le strette del serpe maligno — ch'esse credono un Nume — tutte le pene dell'inferno. Ma i veri chiamati, soffrono queste pene con una specie di voluttà.

A questo mondo, così è stato detto, bisogna inebbriarsi di qualche cosa: di bene o di male, di miele o di fiele, d'amore o di dolore, di sorriso o di lagrime: e certe anime fervide, assetate di forti sentimenti, troppo nobili per inebbriarsi di gioia, si inebbriano di sacrificio. Così fu di Gaspara Stampa, la bella fanciulla canora, per cui tutti i letterati, che si credevano poeti, del suo tempo deliravano. E come accade il più delle volte in simili casi, l'uomo in cui ella si era imbattuta nel momento fatale, colui che aveva destato il pathos di cui era materiata la sua anima, era indegno del suo amore!

Ma gli è ch'ella non lo vedeva quale veramente egli era, bensì ornato di tutti i suoi proprii sogni, di tutte le fantasie della sua mente alata, di tutta la forza creatrice d'idealità ch'essa possedeva e che adoperava per adornarne, inconsciamente, la disadorna figura del suo piccolo tiranno. Quello che sappiamo e quello che vediamo di lui non è davvero corrispondente alle mirifiche descrizioni della innamorata Gaspara: l'«obbietto divino», l'uomo dai «fatali lumi», colui ch'ella ha infiorato di delicate corone di sonetti, canzoni, sestine, madrigali, di cui ella ha scritto il bel ritratto:

«Chi vuol conoscer, donne, il mio Signore»

è tutt'altro che l'eroe sognato dalla dolce e ardente cantatrice! Il conte Collaltino di Collalto, signore di Treviso, castellano di San Salvatore, nella tela del Tiziano ci appare una figura maschile piuttosto comune. Doveva essere quello che si dice «un bel pezzo d'uomo» ma niente di peregrino. Come guerriero, non so ch'egli si segnalasse in nessuna grande gesta: come poeta è appena mediocre: come gentiluomo.... ah, non se ne offenda l'ombra della sua infelice ma pur fervida amante, mi pare ch'egli fosse al di sotto dell'ideale non solo dell'antica cavalleria, ma perfino della moderna! Al cuore non si comanda, questo è pur vero: ma una mancanza così assoluta di sentimento come quella che s'incontra in questo fatuo Capitano, definito, non so proprio perchè da un valente scrittore moderno «un eroe Ariostesco» credo sia difficile trovarla! La povera Gaspara, in quelle carte che piangono di tutta la sua amara doglia, con quella sincerità di accento che, anche nell'errore, la nobilita e ce la rende cara, ci racconta i veri maltrattamenti morali sofferti da quell'uomo insensibile e crudele che l'amò per un poco, così come si ama una bella e celebre donna che può lusingare la vostra vanità; poi subito, sazio, la lasciò per andare in Francia. Tornato in patria e trovatala sempre innamorata e fedele, all'apice della sua gloria, ammirata e ricercata da ognuno, il soldato egoista e brutale dà a se stesso, come bottino di guerra, il gusto di amarla ancora per un poco (questa volta, pare, meno platonicamente) poi definitivamente sazio, credendo di averle dato anche troppo, cercando nozze più utili e più illustri per casato, sposa allegramente un'altra. E Gaspara ne muore.

Unico merito, e mi par dubbio se merito sia in questo caso, Collalto ebbe la sincerità: giacchè egli non si diede nemmeno la pena di consolare con qualche pietoso inganno quel povero cuore di donna. Il «cavaliere gelato come la luna» com'ella dice, dovette essere d'una brutalità singolare.

«.... egli mi fugge
Io seguo lui....»

ella dice: oppure:

«Odio chi m'ama ed amo chi mi sprezza.»

indi:

«.... io son di fuoco, e voi di ghiaccio:
«Voi siete in libertade ed io in catena,
«Io son di stanca, voi di franca lena,
«Voi vivete contento ed io mi sfaccio.»

Così plorava la povera donna, disfacendosi veramente di vano amore per questo nobile bellimbusto! Ma ella non si lagnava de' suoi tormenti, chiamati da lei stessa «mar senza fondo», e «largo, profondo pelago d'amore».
Uditela:

«Gravata sì dall'amorosa soma
«Che mi veggo morire e lo consento.»

poi:

«Ed io ringrazio amor che destinata
«M'abbia a tal fuoco....»

ancora:

«Io benedico, amor, tutti gli affanni
«Tutte le ingiurie e tutte le fatiche
«Tutte le noie novelle ed antiche
«Che mi hai fatto provar tanti e tant'anni!»

e seguita:

«Voi che ad amar per grazia siete eletti
«Non vi dolete dunque di patire
«Perchè i martir d'amor son benedetti!

È o non è questa vera vocazione di martirio? Tutti i gusti son gusti....
E di quale amore il bel conte la ricambiasse egli non glie lo nascondeva davvero! Eccone un saggio:

«Finchè dall'empio mio signore stesso
«Con queste proprie orecchie dir mi sento
«Che tanto pensa a me quando m'è presso
«E partendo si parte in un momento
«Ogni memoria del mio Amor da esso?»

Si può dare di peggio?
Quale donna al mondo non avrebbe sanata la più profonda ferita amorosa da una dichiarazione simile?
Eppure Gasparina arde, si accende sempre di più per Collalto, con cieca pertinacia di martire: martire
di una falsa religione!
Ho detto ch'ella, somigliante in questo ai martiri di alte idee, ama i suoi tormenti; aggiungo ch'ella è
così schiava d'amore che ama i peccati per quello commessi: e con uno slancio di sincerità che sta tra
l'impudico e l'eroico, prendendo il mondo intero a testimone delle sue colpe, ci narra in versi
veramente caldi e musicali le poche ma intense gioie concessele dal «Crudo Arciero.» Il sonetto:

«O notte a me più chiara e più beata»

e quello:

«Gioia somma, infinito alto diletto»

sono, o m'inganno, un monumento di audacia femminile che ha pochi riscontri nell'arte e nella vita!
Così ella ama la sua colpa e non se ne pente, come ama la sua pena e non se ne duole.... dal momento
che ha il coraggio, come abbiamo veduto, di benedirla!
Ma con tutto ciò, non era il suo sentimento quella specie di dolce e rassegnato soliloquio amoroso,
che si nutre di se medesimo, senz'altro chiedere, che qualche volta germoglia e vegeta lungamente in
certe anime delicate, romantiche ed un poco anemiche.

«Et si je t'aime estce que ça te regarde?»

È il dolce e forte grido di uno di questi ingenui amori che non hanno bisogno di essere corrisposti. No, tale non era il grido dell'ardente Anassilla, che appunto per amare senza essere amata fu condotta a morire!

Povera donna dolorosa, che ebbe forse la sola sincera, appassionata anima di tutto il suo tempo!

Tra la coorte di quei freddi e mediocri petrarchisti in cui stagnava l'onda della lirica italiana: nelle calde visioni di splendide rappresentazioni pittoriche, in cui canta vittorioso il senso e tace l'anima, i soli accenti di passione, la sola parola di non mentito dolore ci è detta da Gaspara Stampa. Viveva forse in lei la oscura anima di Venezia, così, fraintesa da' suoi meravigliosi pittori, che ce la rappresentarono come la città dell'orgia e della gioia, mentr'essa racchiude nelle sue linee e ne' suoi colori un sogno di mesta e pensosa voluttà?

I costumi, le feste, il lusso, la vita de' Veneziani, entrarono negli occhi e nello spirito de' suoi maestri coloristi, i quali ne colsero l'esteriorità trionfale e luminosa; ma nessuno, se non Giorgione, sentì che le vecchie pietre baciate dai verdi flutti non dicono all'uomo cose di gioia!

Se è vero che l'architettura è «musica pietrificata» quale musica è, per esperti orecchi, Venezia? Non già musica gaia e serena che dia a noi il riposo e la gioia, come ci danno le linee rette, semplici e solenni dell'arte greca: linee che sono in armonico accordo con quel limpido cielo, con l'olimpica serenità dello spirito attico.

Arrigo Boito ha alcune battute descrittive nel sabba classico del suo Mefistofele, che sembrano un pezzo di cielo greco musicato!

Ma a Venezia, il marmo che perde la impassibile solennità delle linee, e s'inarca, si piega, si raddolcisce, si frastaglia, tormentato fino al delirio dalle carezze dell'artefice, che si marita all'oro ed al colore, che si sforza di diventare luce e lascia dappertutto penetrare il cielo, mentre l'acqua verde e muta lo abbraccia, striscia a' suoi piedi, s'insinua tra le sue bellezze, bacia le porte istoriate, gitta spruzzi leggeri fin su a' balconi trilobati, serpeggia eterna, piena d'ombre o di scintille, nel suo umido, multilingue bacio; il marmo qui non dice a noi, nella sua grande canzone senza parole, cose di serenità. Ma si levano su dalle vecchie pietre e dalle verdi acque accenti profondi di passione, voci di voluttà dolorosa, sorrisi misteriosi che somigliano al pianto.... No, l'anima di Venezia non è in un sardanapalesco convito di Paolo, nè in alcuna delle bionde e opulente cortigiane dipinte dal re del colore, Tiziano!

Noi ne troviamo invece qualche fraterno accento nell'anima fervida e musicale della infelice Anassilla: anima alta e luminosa come le guglie de' templi veneziani, profonda e immutabile come le onde della laguna!

Le gaie costumanze che facevano allora di Venezia una continua festa, non valsero ad allietarla, nè a distrarla mai dall'idea fissa del suo amore per l'infedele lontano.

Dalla sua stanza che mi piace figurarmi aperta per una trifora aguzza, in cui il marmo gareggi in sottili spume coi merletti di Burano, su la laguna, ella non ode le allegre voci del popolo tripudiante: è forse la festa dell'Ascensione.... è forse l'incoronazione di una Dogaressa.... Gaspara non se ne cura; ha lasciato che Cassandra, la sua dolce sorella, e il suo minor fratello, un pallido adolescente che avrà breve vita, vadano a confondersi tra la folla, in cui patrizii e plebei sono uniti in un solo gaudio: ed ella sola, nella remota stanza, guarda il cuoio dorato delle pareti, i tappeti di Arras, il liuto che le giace a lato, il muso aguzzo del suo levriere, e vede dappertutto, come fosse veramente inciso ne' suoi occhi umidi e nel suo povero cuore, la figura del conte Collaltino di Collalto!

Invano un recente «Aldo Manuzio» le posa aperto sul grembo, dai vasi policromi di Murano i fiori de' bei giardini veneziani olezzano, l'ultimo sonetto di Monsignor Della Casa, il solo che in quel tempo desse al sonetto ali per glorioso volo, non ha consolato la sua malinconia e muore tra le zampe del levriero rapace.... Sul tavolo a tarsie, il Sogno di Polifilo del monaco Francesco Colonna, mostra le aperte pagine, nitidamente incise, invano....

Ella sorge dall'alta seggiola dalla spalliera in forma di lira, come quelle che vediamo nelle tele del Carpaccio, si appressa al balcone.... e pensa che laggiù, nell'acqua verde del canalazzo, troverebbe forse il riposo....

Eppure è bella, e ride la sua giovinezza nelle linee armoniose del suo corpo, mentr'ella, sugli alti zoccoli dorati, in una lunga veste pavonazza, adorna di zibellini, cammina per l'ampia stanza, sfogando il suo inutile amore nei ritmi consolatori del verso!

Spettacolo sublime e miserabile al tempo stesso!

Tanto fervore amoroso, tanta fedeltà, tanta forza di sacrificio per così meschino ideale! Eppure la sincerità e il vero soffrire di quella donna la salvarono sempre dal far sorridere di lei i prossimi e i lontani; e le lagrime della pietà non cederanno mai luogo in noi al cattivo sorriso dello scherno, davanti al vivo sgorgare del sangue di quel gran cuore!

A questo mondo la sofferenza è necessaria e fatale: dovunque spunta un desiderio, là sta in agguato un dolore: ma meglio e meno tristi sono le sofferenze che ci vengono da cause nobili e degne....

Ma forse che siamo noi a scegliere le cause e non siamo noi invece scelti da quelle? Questo è il mistero. E forse che se Collaltino di Collalto fosse stato un buon diavolo, un amante fedele e devoto Madonna Gaspara sarebbe stata una donna felice? Ne dubito. Ci sono anime che si alimentano unicamente di dolore e che se dolori non hanno, sono capaci perfino di inventarli!

Non già ch'io voglia scusare il signore di Treviso, che resta sempre a' miei occhi, e credo anche a quelli degli altri, l'opposto di un gentiluomo e di un galantuomo, ma mi ripugna di pensarlo il vero e solo fattore dello stato d'animo di una valorosa donna che onorò il nostro sesso, a malgrado del suo errore e della sua adorazione per un falso e bugiardo Nume.

Ed ora mi piace por fine al mio dire con l'epigrafe che Gaspara per se stessa scrisse e che volle incisa su la tomba che l'accolse, morta d'amore e di dolore appena trentenne:

«Per amar molto ed esser poco amata
«Visse e morì infelice, ed or qui giace
«La più fedele amante che sia stata.»

GIORGIO SAND.
(1804=1876).

Io non so, o almeno non ricordo, che cosa pensino i così detti antifemministi di Giorgio Sand: ma voglio sperare che il lieve sorriso di scherno uso a fiorire su le labbra mascoline in cospetto delle manifestazioni dell'ingegno femminile, non abbia, almeno per questa volta, il coraggio di spuntare, e che ogni spirito superiore riconosca, nello spirito di Anna Dupin, baronessa Du Devant, senza restrizioni, un fratello. E di questo vostro fratello, o signori, che appartenne al nostro sesso, sia a me permesso ragionare un poco, con legittimo orgoglio: e a chi mi osservi che si tratta di una eccezione, di una specie di fenomeno, io risponderò (giacchè al pregiudizio bisogna pure concedere qualche cosa!) che basta un'eccezione per provare che una regola può essere modificata: e mi metto subito a considerare da tutti i lati il fenomeno, come i banditori, nelle pubbliche piazze, all'ingresso delle baracche, fanno al pubblico domenicale. E se la mia eloquenza sarà poca, pensate, o voi che mi avrete ascoltata, che veramente non sarà stata colpa di cattiva volontà.

Dopo questo, domando subito scusa a Giorgio Sand di avere osato assumere un tono scherzevole, in cospetto del suo gran nome: e sono certa che la sua ombra, che è quella di una donna, ch'ebbe, pari all'ingegno, quell'amabile facoltà che noi siamo usi a chiamare spirito, mi sarà larga di benevola indulgenza.

Ho l'umore, oggi, un poco battagliero, e sento lo stimolo del guerreggiare alquanto, con così alto e così splendido vessillo in mano, contro i fieri campioni dell'antifemminismo.

Chi tiene la sfida? Badate, cortesi e valorosi cavalieri, io combatto con lucide e bene affilate armi: Giorgio Sand me le presta. Affilate dunque le vostre. Nè vi sdegni o vi umilii la disparità dei sessi: forse che non scesero in campo con Bradamante e con Clorinda, tutti i più prodi cavalieri Ariostei?

Premetto una dichiarazione che assai mi sta a cuore. Non vogliate credere che io intenda per femminismo l'emancipazione da sacri doveri, nè la caccia a tutte le piccole prede della vanità spicciola della vita! Oibò, tali cose ai miei occhi di incorreggibile idealista, rendono qualche volta antipatico, o almeno anti estetico, anche l'uomo! Oh allora?

Ma io spero, veramente, ch'io non abbia qui bisogno di fare la mia professione di fede, in proposito. I miei lettori sono tutti, io li considero tali, miei buoni amici, e i miei amici conoscono bene le mie idee, non è vero?

Ed è appunto nelle mie idee che siavi potenzialmente perfetta uguaglianza intellettuale tra l'uomo e la donna, e che solo a secolari errori di educazione e di valutazione si debba la differenza, che ora tende, felicemente, a voler scomparire. Se sono in faccia a Dio ed agli uomini valutate in tutto uguali le anime dell'essere umano, non sarebbe per lo meno strano che uguali non fossero anche i cervelli? Non fatemi dunque della vecchia retorica, o avversari forti e cortesi, perchè la retorica è indegna di voi: e non fatemi nemmeno della scienza, perchè voi mi parlereste certo del peso dei cervelli, di capacità cranica, o che so io: ed io parerei il colpo con questo fiero fendente: ecco un cervello di donna, quello di Giorgio Sand: pesatelo, e vediamo se esso possa tenere in giusto equilibrio la vostra terribile bilancia di giudici. Va bene così? No, Giorgio Sand non ha paura di paragoni, giacchè ella siede, per diritto divino, all'ideal banchetto degli eletti, tra coloro ch'ebbero la fronte consacrata dal bacio del Nume.

La critica, questa specie di araldica della grande aristocrazia dello spirito, riconosce e proclama nobili i segni del suo blasone: ella è veramente di grande razza. Poichè possiede la forza del pensiero indagatore che illumina per lei, il mondo, e vince l'impenetrabilità delle cose: e la potenza di trasmetterne altrui la visione oggettivata: e possiede la classica perfezione dello stile, senza la quale un'opera d'arte non potrà mai essere vitale.

Sotto la Restaurazione, il romanzo, che s'era già acclimato all'ombra dei bei gigli d'oro di Francia, ma non vi aveva ancora assunto lo scettro del comando universale, tuonò di alcune voci che furono udite e seguite fin dove respiri l'uomo civile. Quella di Vittor Hugo che vide il mondo come dall'alto di una gigantesca rupe: e ne avemmo la vertigine dell'altura: quella di Onorato di Balzac, che vide il mondo come veramente e tristemente esso è, col suo acuto occhio d'aquila: ed avemmo l'eterna commedia umana: quella di Giorgio Sand, che vide il mondo a traverso il suo proprio sogno: e ne avemmo il romanzo idealista, di cui forse è il Futuro. Questi due ultimi hanno generata tutta la numerosa figliuolanza degli scrittori moderni, e l'hanno nutrita alle fonti uberifere delle loro opere geniali. Così Giorgio Sand, al pari de' grandi creatori, sta al vertice di una delle branche del grande albero genealogico dell'immortale famiglia dell'arte: la famiglia di coloro che maggiormente, tra gli uomini, somigliano a Dio, perchè hanno avuto in dono il segreto della divina potestà: creare.

La moda, questa volgare, piccoletta fata, che non arrossisce di dettar leggi anche nel sacro campo della bellezza immutabile, ha gettato, da qualche tempo, un velo di oblio su le opere di Giorgio Sand: ed io vorrei pur saper riparare alla momentanea ingiustizia, e far sì che si ritornasse a bere ad ampie sorsate alle fresche fontane di vita che zampillarono dal cervello fecondo di questa donna singolare.

È tutta una magnifica frescura consolante, un verziere odoroso e giovine della perenne giovinezza delle cose idealmente belle. In quel suo puramente classico stile, con quella sua signorile eleganza di lingua, così diversa dal gergo in cui ora spesso si umilia la bella lingua sorella, ella ci svela le fantasie del suo spirito romantico, eppure così equilibrato: un romanticismo senza morbosità, un chiaro di luna, se posso esprimermi così, in cui guizza qualche caldo e vivo raggio di sole.

L'alta sognatrice ci descrive spesso, è vero, le cose come essa vorrebbe che fossero: ma si sente, tra le nubi grigioazzurre del sogno, ch'ella ben sa che le cose sono, a questo mondo purtroppo altrimenti....

Per dare un esempio, nella bella, ampia e folta corona de' suoi romanzi che chiamerò del sogno «Lelia, Consuelo, Indiana, Mauprat, Villemer, La mare au diable, La petite Fadette (i due deliziosi racconti campestri che poetizzano la diva natura, tanto calunniata, appresso, dai naturalisti)» che posto si deve assegnare al romanzo «Elle et lui», in cui scorre il miglior sangue di un bene inteso verismo? Pare, questa semplice accorata storia, uscita dalla penna moderna di un alunno del naturalismo: Guido di Maupassant, colui che vedeva l'«umile verità» e che la comunicava a noi, nei segni della sua arte commossa di vere lagrime!

A me dispiacciono, in arte, le formule, le definizioni, le sette, che ne suddividono il campo unico: c'è un'arte sola, come c'è un solo Dio. Ma poichè si deve, se non altro per consuetudine, ascrivere all'idealismo il nome glorioso di Giorgio Sand, dirò che il suo idealismo fu sano e gagliardo, e che i suoi «eroi», anche se abbiano il capo circonfuso di celestiale atmosfera, sono sempre in piedi, bene appoggiati su la terra.

Ho detto che voglio passare sotto il mio esame la donna meravigliosa, da tutti i lati, e mi preme mantenere quello che ho detto. Avrò in tal modo occasione di dire il mio pensiero anche sul lato più discusso e meno ammirato (con ragione) della grande scrittrice francese: la sua vita privata. Senza dubbio, pur gettando via la zavorra di molta calunnia, nata da molta invidia (avrebbe potuto, ahimè, essere altrimenti?) restano nella vita agitata di Giorgio Sand parecchie cose che noi non esiteremmo a battezzare di ben gravi colpe, incontrandole nella vita di una donna mediocre, e che anche nella vita di questa Vincitrice vorremmo, di preferenza, non trovare. Ma è altresì vero che riesce a noi quasi impossibile poter separare il suo essere morale da quello intellettuale, e che mentre ci accingiamo a rimproverare Anna Dupin di avere rincorso l'ideale personificandolo ora in questo ora in quell'uomo mortale, che doveva compensarla della bancarotta della sua felicità nel matrimonio, e che doveva raccogliere gl'impeti lirici della sua anima esuberante — ecco — dico — che Giorgio Sand intercede per Anna Dupin, e ci dice ch'era fatale che la sua vita ed il suo sogno andassero insieme così!

Questa donna, che io definisco una «cerebrale», che ebbe forse tutte le altre facoltà un poco inaridite dal predominio del cervello (dai decreti del quale, parrà un paradosso, ella raramente si allontanava) fu una grande assetata di ideale, una adoratrice (anche forse un poco retorica) della fantasia, una schiava di quella parte del cervello, che essa credeva fosse l'anima: ma sempre, o io molto mi inganno, al di sopra delle miserie della vita: miserie in cui ella cadde, ma non per sua propria volontà. Così rincorrendo l'ideale, che si personifica sempre o in qualche cosa o in qualcheduno, quella forza esuberante aveva bisogno d'integrare i sogni dell'arte con la realtà della vita: ossia, cercava, nella vita, i fantasmi gemelli di quelli della sua fantasia: e sappiamo, povera donna, quali torture le procurarono le vane e non mai paghe ricerche!

Avrebbe dovuto governare, o essere governata da quell'impetuoso cervello, una coscienza diversa da quella ch'ella ebbe: perchè fu la sua (diciamolo pure, giacchè lo pensiamo) una coscienza in aperto disaccordo con la morale riconosciuta, retta da un suo autonomo codice, da una specie di individualismo superbo, che preannunzia una teoria discutibile ma profonda, rovinata da una sciupatissima parola: «la teoria dell'übermensch».

Però, io donna, parlando di questa illustre donna, debbo non amare certe sue ribellioni alle leggi della moralità accettata, e debbo ammonire che la sua affrancazione da quelle leggi, non potrebbe mai divenir regola ad altre. Per farsi perdonare a questo mondo — e credo anche nell'altro — certi gravi difetti, bisogna poter mettere, dall'altra parte della propria bilancia, nelle mani dei giustizieri umani o divini, un cumulo di virtù che faccia vittoriosamente traboccare il peso!

Nel libro della vita di Giorgio Sand, il capitolo dell'amore è molto esteso: anzi, si può dire, è la metà del libro, data la metà prima alla gloria, ossia alla operosità del pensiero.

Non bella, di quella bellezza geometrica che lascia così spesso freddi gli uomini, ella era dotata di una possente forza di attrazione che le incatenava ai piedi schiavi gli uomini: e tra questi, specialmente gli Eletti, i suoi fratelli di gloria.

Un altro colpo di lancia, questo, per gli antifemministi, che non so in che modo verrà parato. Io ne ho uditi alcuni sostenere che la donna che abbia la mente molto elevata, suole perdere la grazia, la femminilità, l'incanto delle altre più umili creature del suo sesso. Ebbene, ebbe o non ebbe Giorgio Sand intelletto elevato? E perdè ella, per questo, la sua grande, invincibile grazia femminile, il potere di suscitare nell'uomo il più appassionato amore? Che ne dicono dunque di costei che scriveva dei capolavori, non disimparando l'arte di combattere (disgraziatamente per lei) le grandi pugne d'amore? Udite, udite. Giulio Sandeau, Michele de Bourges, il filosofo umanitario, Pietro Leroux, Sainte Beuve, Federico Chopin, Alfredo de Musset, per citare i più noti, delirarono d'amore per lei. Amarono essi in lei l'alto ingegno, o il riso della sua bella bocca in cui l'uso della sigaretta di tabacco turco non aveva offuscato lo splendore dei denti, o lo sguardo vellutato di que' suoi enormi occhi neri che parevano l'allegoria della notte?

Chi lo sa.... chi lo sa....

Ed essa perseguiva l'ideale negli uomini che l'amavano, e ch'ella credeva di amare, e poichè di volta in volta sciaguratamente s'ingannava, ell'era dalla sua inesausta sete del sogno avverato, condotta a cercare ancora. E non s'accorgeva che in lei soltanto, nel suo cuore, era l'ideale, non già nelle chimere che ostinatamente inseguiva.

Povera farfalla, che volava, come fascinata dal lume, laddove ella credeva veder splendere un'anima.... ma dove quasi sempre non trovava altro che un intelletto!

Ho insistito su questa sua ricerca incessante e affannosa di idealità, perchè ho bisogno d'invocarla nell'accennare all'episodio più celebre della sua vita: quello del suo amore con Alfredo de Musset. Su questo episodio si ha il torto di voler giudicare Giorgio Sand, e si ha la debolezza di lasciarsi sedurre, in tale giudizio, dalla musica triste e soave dei canti del poeta. A noi sembra, a prima vista, che l'uomo che ha scritto quelle strofe più dolci della stessa dolcezza, che ha agitato nella nostra anima tutte le più intime corde, che ha suscitato ad ora ad ora i nostri sorrisi e le nostre lagrime, a noi sembra che quell'uomo debba, ad ogni costo, nel triste duello con Giorgio Sand, che ci raccontò i suoi guai, semplicemente in prova, avere ragione.

Ma poichè questo a me sembra profondamente ingiusto, io vorrei tentare di gettare su questa celebre storia qualche sprazzo di nuova luce: non già luce di fatto, perchè altri fatti non abbiamo, oltre quelli disgraziatamente e letterariamente noti da molto tempo, ma luce d'intuito di chi ha molto guardato dentro quel fatto e dentro quei cuori.

La donna, anche se raggiunga l'apice della elevazione intellettuale, soggiace ancora a certe leggi ataviche, per cui nell'amore, ella cerca una sorta di soggezione, una devozione di schiava verso il suo secolare signore: ed essa desidera sempre di poter ammirare l'oggetto del suo amore. Così, quando l'intelletto della donna sia molto alto, e non le sia facile poter imbattersi con un altro che lo superi, la donna cercherà allora, inconsciamente, superiorità di altro genere: come, per esempio, grande bellezza corporale, forza fisica, valore, virtù amatoria e così via. Perfino il vizio, ch'è una specie di superiorità nel male, opera un certo fascino su le donne, anche le più oneste: e ad affermare la triste asserzione basti la simbolica storia di don Juan. Un poco di tutte queste cose contribuì a far nascere l'amore di Giorgio Sand per Alfredo de Musset. Nessuna donna ha bisogno di molta fatica d'imaginazione per comprendere l'incanto che quell'uomo dovette diffondere intorno a sè. La sua infelice amante intuì questo suo postumo fascino, e disse, nelle vive e piangenti pagine di «Elle et lui» «les femmes de l'avenir: voilà tes soeurs et tes amantes!» E veramente le donne sensibili saranno sempre un poco, idealmente, le amanti di questo dolce e carissimo poeta, di questo amico segreto che consolerà sempre la nostra malinconia coi ritmi della sua anima sopravvivente. Chi non ha riconosciuta, qualche volta, la voce di Alfredo, nel vento, nell'acqua, nelle fronde o nello stesso silenzio? Chi non ha trovato, nella sua propria memoria, un verso, uno spunto di questo nostro poeta prediletto nei più dolci o nei più tristi momenti della propria vita?

«Si vous croyez que je vais vous dire
Qui j'ose aimer.»

oppure:

«Si je vous le disais pourtant, que je vous aime,
«Qui sait, brune aux yeux bleus, ce que vous en diriez!»

oppure:

«Un jour tu sentiras peut être
«Le prix d'un coeur qui nous comprend,
«Le bien qu'on trouve à le connaître

«Et ce qu'on souffre en le perdant!»

Quale donna, anche la più umile e la meno letterata, non sa a memoria tutte queste dolcezze, tutte queste carezze, tutti questi baci postumi dati dal Poeta di Rolla al sesso gentile? L'amore, era l'unica cosa che veramente gli stesse a cuore: Il «n'y a que cele de bon sur la terre» egli diceva: e la sua morte è stata una specie di suicidio amoroso.

Sappiamo ch'egli era bello, di quella bellezza romantica fatta di linee e di colore, ma più di sentimento, così cara alle donne di tutti i tempi, ch'egli era infelice, di quella inguaribile malattia dell'anima che adombra gentilmente il viso, e che era elegante nel vestire, squisitamente raffinato, quello che allora si diceva un dandy: e certo chi guardi, ne' suoi ritratti, quella bella testa giovane e chiomata, col mento che s'allunga nella fine barba bionda, e quello sguardo ambiguo che fa pensare al tempo stesso, al cielo ed alla terra, comprende che l'attrazione della sua persona non doveva esser minore di quella delle sue opere! Mettete dunque quest'uomo, questa viva fiamma, accanto alla ardente natura di Anna Dupin.... e l'incendio, si capisce facilmente, non tarderà a scoppiare.

Pare accertato, benchè nelle storie d'amore il poter accertare sia sempre ardua impresa, ch'ella da prima lo sfuggisse, che avesse paura della sua eccessiva giovinezza, della sua bellezza, della sua raffinatezza elegante, del suo carattere bizzarro; in una lettera che si conosce, ella prega SainteBeuve di smettere il pensiero di presentarle Alfredo de Musset, troppo dandy per l'intimità del suo modesto salotto. Ad ogni modo De Musset la conobbe, se ne innamorò follemente, e mise nel conquistare il cuore di lei tutto il tenace ardore del quale sono capaci, quando sono tocchi dal Nume, gli uomini come lui.

E Giorgio Sand si arrese, e lo riamò di un affetto caldo e profondo, in cui era tutto l'ardore di un'amante e tutta la tenerezza di una madre. Anche qui la sua corrispondenza ci racconta (ella ebbe la corrispondenza trasparente; metteva tutta se stessa nelle lettere agli amici) il breve paradiso che fu quella primavera d'amore con de Musset! Mi pare chiaro che quella fu la vera e grande passione della sua vita, il punto culminante della sua intensa forza affettiva. L'eterna sognatrice deve avere creduto, allora, per un momento, di aver finalmente raggiunta la felicità, di avere raccolta una stella nel suo pugno breve!

E fiorì l'idillio meraviglioso. La lavoratrice instancabile, l'operaia del pensiero che viveva del suo assiduo lavoro, «George» come anche i suoi intimi la chiamavano, era sempre soprattutto, prima di tutto donna e parigina. L'alto intelletto, come una viva face irradiava tutta la sua persona, ma anche questa lampada che custodiva la face, era adorna di squisite grazie. Paolo de Musset, fratello di Alfredo, che ebbe la cattiva idea di scrivere un cattivo libro diffamatorio per Giorgio Sand: «Lui et elle», ei dice che essa era bella: «trèsbelle, brune, pâle, olivâtre, avec des reflets de bronze, et des yeux enormes, comme une indienne», e ci descrive il bizzarro abbigliamento ch'ella soleva portare in casa, per ricevere gli amici intimi.

Sopra una camicia da uomo, con alto collo e cravatta nera, ella indossava un ampia e lunga veste aperta a grandi maniche di molle seta gialla, che la seguiva in un lungo strascico come di cometa. I piccolissimi piedi dentro pantofole turche, senza quartiere, e la bella chioma bruna, somigliante alla criniera di cavalla araba (ch'ella doveva un giorno tagliare ed offrire in olocausto ad Alfredo), costretta dentro una reticella spagnola. All'agile fianco, soleva brillarle una fine (e per fortuna sempre innocua) lama di Toledo. Non è in questo fantastico esteriore tutto lo spirito romantico della celebre donna?

Veniamo dunque al gesto che pone in così cattiva fama, per certuni, Giorgio Sand, cioè al suo abbandono, avvenuto a Venezia, come tutti sanno di de Musset. Di questa storia abbiamo il racconto, appena adombrato da trasparente velo, nel romanzo «Elle et lui». E questo romanzo è nato da impressioni così immediate, è scritto con così caldo accento di sincerità, è fatto con così evidenti segni di arte del ritratto, che è impossibile non sentire in tutte quelle pagine il grido sacro della verità. Si potrà deplorare che uno scrittore voglia fare dell'arte con la sanguinante realtà del suo cuore, voglia chiamare il pubblico allo spettacolo delle sue segrete lagrime: ma, lo ripeto, il grido della verità è alto, innegabile, nelle pagine di «Elle et lui», che non è, per nessuno che lo legga, un'opera d'arte, ma solo un pezzo di vita che manda a noi l'aroma della sua fatale tristezza.

Ah ben tutt'altra cosa è a questo mondo, o dolci amanti ideali del grande Alfredo, l'ammirare un sovrano artista, l'amarlo nelle sue opere, il collocarlo sopra un alto piedestallo come un Nume, dal conoscerlo da vicino, sceso dal suo ideale trono, sparita la provvida lontananza e dileguata la nube che lo avvolgeva! C'è spesso tra l'uomo e le sue opere un tale dissidio, una tale discordia sostanziale e irrimediabile che la disillusione, la più amara, dilania il cuore di chi assiste al doloroso spettacolo. Mettiamoci per un momento solo in luogo di Giorgio Sand, e tentiamo figurarci il cantore delle Notti e delle Romanze spagnole, mentre torna a casa, dopo un'orgia, ebbro, barcollante, livida e contratta la bella faccia, canticchiando canzoni oscene, gettando in faccia ad una donna come Giorgio Sand, che per lui ha lasciato tutto, i suoi figli, il benessere materiale, la gloria!, le sue ignobili infedeltà! Certo la persuasione ch'egli fosse veramente un anormale, malato di epilessia, alcoolizzato dai torrenti di Champagne nei quali annegava la sua invincibile tristezza, deve averle suggerito il coraggio di perdonargli, giacchè noi sappiamo, dalle sue lettere pubblicate, ch'ella gli perdonò: ma che ella fosse ben presto guarita, per virtù di quello che sofferse, del suo tempestoso amore, non potrà, io credo meravigliare nessuno. È vero ch'ella aveva un giorno detto: «L'amour est un temple que bâtit celui qui aime à un objet plus ou moins digne de son culte, et ce qu'il y a de plus beau dans cela, ce n'est pas tant le Dieu que l'autel». Ma se proprio l'amore debba diventare tutto altare, senza Nume, allora la religione inevitabilmente si spegne!

Si spegne: ma disgraziatamente, nelle fantasie come quella di Giorgio Sand, spunta tosto il bisogno di altre fedi, di altri sogni. Allora in quel triste momento psicologico, in cui ella meditò perfino il suicidio, in terra lontana, sprovvista di mezzi finanziarî, col cuore devastato dalle disillusioni sofferte, ella, al letto di de Musset infermo, ch'ella curò con cuore di sorella, e per cui s'ebbe la riconoscenza della madre del poeta, si trovò accanto un giovane onesto e buono, un umile medico: Pagello. Il riposo, dopo la tempesta, la semplicità di un devoto amore, dopo la intricata complicazione delle sue relazioni con de Musset, relazioni in cui è quasi impossibile veder chiaro, senza tener conto della bizzarria di quei due cervelli, specialmente di quello di lui. Da tutte le pubblicazioni (anche troppe!) fatte su la celebre storia, una cosa sola mi par risultare, cioè che i due amanti non si erano mai nè meglio amati tanto come dopo la loro separazione, avvenuta, come si direbbe curialmente, per incompatibilità di carattere. Il loro magnifico epistolario è uno dei più curiosi documenti del cuore umano! di quel cuore ch'ella stessa ha chiamato «un mauvais plaisant».

«Sans la jeunesse et la faiblesse que tes larmes m'ont causée un matin, nous serion restés frère et soeur!» Scrive Giorgio ad Alfredo, dopo, rimpiangendo la loro comune debolezza. Ah mai troppo, mai troppo ella la rimpiangerà! La donna dal vasto intelletto non seppe il segreto che fu la forza di donne assai meno intelligenti di lei; il segreto di saper essere solo l'amante dell'anima!

E quel grande fanciullo, così corrotto eppure così sublime, deve aver compreso troppo tardi che quando si ama molto bisogna avere il coraggio di rispettare la donna amata e di non trarla al basso mai, nemmeno col pensiero! Egli lo sentì, perchè scrisse un giorno, dopo la separazione, alla sorella dell'intelletto, alla sorella, come lui gloriosa: «Notre embrassement était un inceste!» E come tale fu punito dal cielo.

Mi preme anche difendere Giorgio Sand, da una accusa mossale da' suoi nemici, e che danneggerebbe tanto la sua memoria, se non fosse, come a me pare, assurda: assurda anzitutto perchè in questa donna in cui vediamo gravi colpe, volgari bassezze non ne vediamo mai. L'accusa è ch'ella fosse letterariamente gelosa di de Musset. Un assurdo lo ripeto. Nella donna, anche se d'alto ingegno, non è per legge atavica, possibile l'invidia verso l'uomo. È cosa fuori della natura; come invece è, sventuratamente possibile qualche volta il contrario.... L'ho già detto, la donna è sempre felice ed orgogliosa che l'uomo che l'ama sia alto nella sua stima e in quella altrui. Ella vede così spesso l'uomo farsi umile a' suoi piedi, che più è egli veramente grande, più il suo amor proprio è soddisfatto. La donna vuole amare ed ammirare insieme. Sentite ciò ch'ella gli scriveva: «Ménage cette vie que je t'ai conservée, peut être, par mes veilles et mes soins! Ne m'appartientelle pas un peu, à cause de cela? Laissemoi le croire, laissemoi être un peu vaine d'avoir consacré quelques fatigues de mon inutile et sotte existence à sauver celle d'un homme comme toi!» oppure: «Tu sais que je les aime de passion, tes vers, et qu'ils m'ont appelée vers toi, malgré moi, d'un monde bien eloigné du tien!» No, ella lo ammirò sempre, anche quando non potè più amarlo, anche quando vide ripagata la sua tenerezza da un selvaggio amore, misto di infedeltà e di mali trattamenti!

Allora la dolente si riposò nell'amicizia di Pagello, prese dal devoto, umile amore del giovane veneziano tutte le consolazioni che un affetto semplice, sincero e devoto può dare in certi gravi momenti della vita.

I suoi amici, i suoi innamorati, gli uomini ch'ella aveva amati, erano stati fino a quel momento letterati, artisti, filosofi, poeti.... e l'amore doveva essere salito a lei nell'onda gonfia della retorica e della dissertazione ... Essa medesima non era una creatura semplice, nè sempre trasparente nemmeno a' suoi occhi stessi.... Così la donna complicata, satura delle tortuosità della propria anima e delle anime altrui, avrà trovata nel giovane italiano una superiorità da ammirare: la semplicità e l'assenza della «posa». Le sarà parso, allora, di respirare come una boccata d'aria sana della buona, pia e grande natura ch'ella così profondamente intuiva e che così deliziosamente descriveva. (Chi non ricorda nel monile regale dei suoi romanzi quelle vere gemme che sono i romanzi idillici?)

Ella non conosceva forse ancora l'incanto di sentirsi dire, semplicemente, senza fiori letterari: «ti voglio bene», da una pura bocca che non conosceva nè gli infingimenti dell'arte nè quelli della vita; e da quella semplice verità ella dovette sentirsi consolata un poco, come un corpo malato che si senta ritornare alla salute, ai puri effluvii della campagna, dopo avere avuto i polmoni corrotti dalla viziata aria della città.... In questo stato d'animo ella si separò, di comune accordo, dal poeta, già risanato dal fiero male dal quale ella lo aveva maternamente curato, e sanato anche, almeno momentaneamente, dal suo amore per lei.

Questa, e non altra, a me sembra essere la verità su l'amore, intorno al quale ha germogliato tanto veleno di calunnie, di Alfredo de Musset e di Giorgio Sand. Certamente, essa, conscia della sua forza, che si sentiva l'uguale di qualunque uomo superiore, non poteva essere la donna nel significato tradizionale, così cara all'egoismo mascolino, cioè colei che si dà, si annienta nell'uomo, mettendo la sua unica ambizione nell'essere a lui schiava in eterno. Giorgio Sand, intelletto virile (per dire una parola facilmente intesa), coscienza autonoma, non ebbe del sesso a cui appartenne, nè ipocrisie, nè rinunzie, nè sottomissione al sacrificio. Ma non ebbe in cambio nè l'indulgenza degli uomini, nè tutta la simpatia che il suo grande ingegno dovrebbe intorno suscitarle.

Curioso, invero, il giudizio umano. Come sempre verso i deboli, i sofferenti, verso coloro che piangono va il nostro cuore, anche quando la nostra stima non li accompagni! Mentre davanti ai forti se pure c'inchiniamo in segno di ammirazione, il più delle volte l'anima nostra rimane ermeticamente chiusa. Perchè noi li vediamo combattere contro la cattiva fortuna, ergere la fronte, contrastare col fato, noi sentiamo, o almeno crediamo sentire che essi non hanno bisogno della nostra tenerezza; e diamo loro solo quello che non possiamo loro togliere: la nostra ammirazione. Invece i deboli, anche se colpevoli, anche se fabbri delle loro sventure, che noi vediamo chinare il capo al destino, soccombenti, affranti, vinti; che noi vediamo gemere, lamentarsi, implorare, anche se il nostro maggiore rispetto stia per i primi, inumidiscono i nostri occhi di fraterna pietà.

Ecco perchè nella immortale storia di Giorgio Sand e di Alfredo de Musset, che è forse il riassunto della vita di tutti e due, la simpatia dei più va verso il clamoroso, disperato dolore di de Musset, verso i suoi tristi lai, verso la sua povera vinta anima che cercava nell'orgia l'oblio dell'invano risorto amore: mentre i cuori restano freddi e dubbiosi davanti all'apparente calma di Giorgio Sand che fu vittima del suo pazzesco amante, e che pure ebbe il nobile coraggio di perdonargli, nascondendo pudicamente il suo dolore. (Solo molto tardi, per difendersi dalle accuse e dalle calunnie, fu indotta a scrivere «Elle et lui»).

Un'altra ingiustizia del giudizio umano, così soggetto ad errare, o almeno una sua grave esigenza, è forse quella di pretendere che i grandi artisti, i quali ci fanno il magnifico dono delle loro opere, ci facciano anche quello del perfetto esempio di loro vita.

Ci sono al mondo, a me sembra, due qualità di persone considerevoli: quelle destinate a fare, quelle destinate a dire: ed è forse soverchio domandare tutte e due le cose ad un tempo alle stesse persone.

Certo noi vedremmo con gioia piena, accompagnata a questo alto e mirabilmente fecondo intelletto di donna, una più vera e più pura dignità di vita, una coscienza più precisa dei doveri ai quali nemmeno la sua grandezza dà ad una donna il diritto di ribellarsi: ma appunto perchè la nostra ammirazione è grande, perchè viva e calda la nostra riconoscenza, grande sia anche l'indulgenza nostra per colei che, nei tempi moderni, ha inghirlandato di fiori eterni la vittoria dell'ingegno femminile, mostrando al mondo, nel modo il più efficace, che «ciò che donna vuole, Dio veramente lo vuole». Per colei che ha vedute tante oscure cose della vita e le ha illuminate di novella luce, che ha tratte dalla sua poderosa fantasia, regalandole al nostro affetto perenne, tante dolci e meste sorelle: Indiana, Valentina, Lelia, Consuelo, Edmea, Fadette, Teresa, Carolina: per questa donna che emerge dalle umili e oscure file del nostro sesso, vincitrice ed ammonitrice, noi dobbiamo formulare il nostro giudizio, condensato in due sole parole: gloria e perdono!